の総指南

睦月影郎

コスミック・時代文庫

この作品は二〇一〇年十二月ミリオン出版から刊行された「おんな枕絵師」を加筆修正したうえ改題したものです。

目次

第一章　あえぎ春画《しゆんがしよう》抄

一

「そうか、江戸へ出てくるなり気の毒だったな。良い働き口か……」

藤兵衛《とうべえ》は腕を組み、着の身着のままで途方に暮れている栗太《くりた》に言った。

ここは市谷八幡《いちがやはちまん》の階段下にある絵草紙屋《えぞうしや》、藤乃屋《ふじのや》だった。藤兵衛は当主で三十六歳、日課である八幡様のお詣《まい》りをしたとき、社《やしろ》の軒下で倒れている栗太を見つけ、店へ連れてきて食事を与えてやったのだった。

栗太は十八歳。百姓の三男坊で国許では食えず、上総《かずさ》から奉公で江戸へ来たが、そのおり大火に遭遇《そうぐう》したのだった。奉公が決まっていた呉服問屋も焼け、他に当てもなく八幡様で水を飲んで、そのまま行き倒れていたのだった。藤兵衛に発見されなければ野垂《のた》れ死んでいただろう。

文化《ぶんか》八年（一八一一）三月である。

大火というのは、先月の十一日、申《さる》の刻（午後四時頃）に市谷谷町《たにまち》から出火、四谷《よつや》、麻布《あざぶ》、芝《しば》まで延焼し、消失した町屋の数は約二万戸、死者は二百人を超すという大惨事であった。

この市谷八幡界隈《かいわい》は奇跡的に被害を免《まぬが》れ、焼けた界隈も復興が進んでいた。

「まあ、まずは湯屋に行って着替えるんだな。おい雪江《ゆきえ》」

藤兵衛が声をかけると、一回り下の妻、雪江が着物を出してくれた。

「まずは、金をやるからそこの湯屋へ行って髪と身体を洗ってこい。いま着ている着物は捨てていいから、これを着て帰ってくるんだ。その間に、良い奉公先を考えておく」

「はい。何から何まで有難うございます」

栗太は金と着物の包みを渡され、深々と頭を下げ、藤乃屋を出た。

そして聞いたとおりに歩いていくと湯屋があり、彼は暖簾《のれん》をくぐった。

金を払って糠袋《ぬかぶくろ》と手拭《てぬぐ》いと房楊枝《ふさようじ》を買い、ぼろぼろになった着物と下帯《したおび》を脱いだ。

洗い場へ行って湯を浴び、元結《もとゆい》を解いて髪を下ろし、髪と全身を念入りに洗って歯を磨いた。

何日ぶりかで食事をし、糠袋で身体を洗っているうち気力も甦《よみがえ》ってきた。

奉公が決まっていた呉服問屋は気の毒だが、もし栗太が半日早く江戸に着いていれば、彼も一緒に焼け死んだかも知れない。

人に聞いて呉服問屋へ向かっている途中から異変に気づき、逃げ惑う人々の流れに巻き込まれてしまった。

どちらへ逃げれば火の手から遠ざかるのか、不案内な江戸の町で右往左往《うおうさおう》し、日が暮れるとなおさら真っ赤な火柱が襲いかかってくるような恐怖にとらわれた。

完全に火が治まったのは三日後で、なおも白煙の立ち上る界隈を歩き回り、もう呉服問屋はないことが知れ、多くの人と寺へ避難し、そこで炊《た》き出しにありついた。

しかし、いつまでも滞在しているわけにいかず、人々はつてを頼ってそれぞれ寺を出ていった。

栗太は当てもないので、歩き回り、日傭取《ひようと》りでもして働こうかと思ったが口入れ屋すらどこにあるのか分からなかった。人に聞いても、一帯が焼けて江戸の人でも方角すら分からなくなっていたようだった。

国許は貧農で三男坊までは食っていけず、もともと栗太は小柄で手足も細く、力仕事には向いていなかった。色白で華奢《きゃしゃ》なため幼い頃から悪童には苛《いじ》められたが、それでも手習いでは読み書き算盤《そろばん》の成績が優秀で、覚えも早かったから商家への奉公をすすめられたのだ。

特に、やりたいことがあるわけではない。食ってゆかれれば良いのであり、それ以上の欲は贅沢《ぜいたく》だった。

とにかく、ついておらず今さら国許へも帰れぬと嘆いてばかりいたが、藤兵衛のような良い人と知り合え、運が向いてきたかも知れないと思った。

栗太は何度も全身をこすり、ようやくさっぱりしてから柘榴口《ざくろぐち》をくぐって湯に浸かった。

湯の中で手足を伸ばし、充分に温まり、生まれ変わった気分で湯から上がった。

身体を拭き、濡れた髪を絞って後ろで束ね、藤兵衛にもらった新品の下帯と襦《ジュ》袢《バン》を着け、お古の着物を着た。

今まで着ていた方は捨て、やがて湯屋を出て藤乃屋へと戻った。

「おお、帰ってきたか。何だ、汚れを落とすと思いのほか良い男ではないか」

藤兵衛は笑って言い、栗太は辞儀をして湯銭の釣りを返した。

帳場には、もう一人客が来ていた。二十代前半の武家女である。

「この男ですよ。いかがでしょう、弓香《ゆみか》さん」

「ええ、気に入りました。連れ帰ってよろしゅうございますか」

藤兵衛の言葉に、弓香と呼ばれた女が、じっと栗太を見つめながら答えた。切れ長の目が少々きついが、色白の美形である。

栗太は要領を得ず、藤兵衛と弓香の顔を交互に見た。

「栗太、この人は村井《むらい》弓香さんといってな、うちと取り引きのある絵師の先生だ。手伝いが欲しいと仰《おっしゃ》るので、お前が行くと良い」

「は、私は絵の方はとんと……」

「何もお前が絵筆を執《と》らんでもいい。炊事《すいじ》洗濯掃除など、身の回りのお世話だ」

「はい、それならば是非《ぜひ》にもお願い致します」

栗太は答え、藤兵衛と弓香に頭を下げた。

「では参りましょう。これをお持ち」

弓香が立ち上がり、風呂敷《ふろしき》包《づつ》みを指して言った。持つと、資料に買った本の束らしく、ずしりと重かった。

荷を持ったまま栗太は振り返り、藤兵衛に深々と辞儀をした。

「お世話になりました。このご恩は忘れません」

「ああ、弓香先生はうちの大切な絵師だ。先生のお役に立つことが、私への恩返しになるからな、一生懸命働いてくれ」

「はい」

栗太は力強く答え、弓香について店を出た。

弓香は案外長身で、姿勢正しく歩いた。どう見ても武家の女だが、絵師というのは意外だった。

しかし、武家にしろ町娘にしろ、国許にいる母親以外の女と言葉を交わしたのは、これが生まれて初めてのことだった。

栗太は少し後ろから荷を持って歩き、弓香の白いうなじと、丸く豊かな尻を見つめてしまった。

むろん十八ともなれば、国許にいる頃からこっそり手すさびを行い、快感とともに熱い精汁を放っていたが、思うのは遠目に見る村娘ばかりだった。もちろん弓香は主人になるので、淫らな妄想を抱くのは畏《おそ》れ多いと思いつつ、どうにも視線が前を行く尻に集中してしまうのだった。

やがて四半刻（三十分）近く歩き、内藤新宿《ないとうしんじゅく》という界隈に弓香の家があった。

竹塀に囲まれ、小さな庭もあり、中に入ると六畳が二間、三畳が一間あり、あとは納戸《なんど》と厨《くりや》に厠《かわや》、裏には井戸があった。

六畳を、彼女は仕事場と寝室にし、少し離れた三畳間が栗太に与えられた。

仕事場には、多くの紙と絵筆、絵の具の皿が並び、描かれた絵も何枚かあった。

それは何と、男女のからみを多く描いた春画ではないか。

確かに、藤乃屋にも多くの春本《しゅんぽん》が置かれていたのを思い出した。では弓香は、枕絵を描く専門の絵師なのだろう。

「この部屋だけは、掃除はしなくて良い。置かれているものには決して触れぬように」

「はい、承知いたしました」

言われて、栗太は平伏して答えた。

「そう硬くならずとも良い。栗太、お前の素性《すじよう》は？」

弓香に言われ、栗太は藤兵衛に言ったような生い立ちの説明をした。

「そう、一目見て気に入りました。どう気に入ったかは、追い追い分かるとして、私のことも話しておきましょうね」

弓香は言い、端座《たんざ》しながら自分のことを淡々と語った。

彼女は二十三歳。亡父は狩野派《かのうは》の奥絵師で、二百石の旗本だったという。弓香も屋敷で父に習って絵筆を執っていたが、十九で同格の旗本に嫁《か》したものの、子が出来ず三年で離縁。実家へ出戻ったが兄夫婦や子たちで手狭なため、武家でありながら染物屋に奉公。

しかし藤乃屋と知り合い、春画が金になると知り、しかも好きな絵が描けるというのでこの家を借りて画業に専念したという。

「むろん私が春画を描いていることは、兄たちは知りません。名も、井筒弓之助《いづつゆみのすけ》と号しており、心根はすっかり町人になっております」

弓香は自嘲《じちょう》気味に笑みを浮かべて言ったが、後継ぎが産めず自分を追い出した家を含めて、大したことをしているわけでもないのに禄《ろく》をはむ武家の暮らしというものに嫌気がさしていたようだ。

そのくせ、心根は町人と言いつつ、彼女の物言いや仕草は武家そのものだった。やはり長年の生まれついた習慣は抜けないのだろう。

「人を描くのは楽しい。たとえ淫らな世界でも、私の絵で町人の若い男たちが手すさびしてくれると思うと、旗本たちの形ばかりの役職などより、ずっと世の役に立っている気がします」

弓香は言い、栗太は何と答えて良いものやら、曖昧《あいまい》な表情で聞いていた。

「今までは他の春画を真似《まね》、少しだけ変えて描いていただけでしたが、やはり実際の身体を見ねば描ききれぬ部分があります。そこで藤乃屋さんに、男にも女にもなれる、見目うるわしい手伝いはいないものかと今日、相談に行ったところでお前に会いました」

「え……？」

言われて、栗太は目を丸くした。

「そう、私が一目で気に入ったというのは、それです。炊事洗濯など二の次でよいから、男として、あるいは女のなりをして、様々な形を取り、それを私が描くのです」

弓香が、目を輝かせて言った。

なるほど、確かに絵を描くと言うからには、他の絵師の真似ではなく、実際に人に形を取らせ、それを写した方が自分なりの個性が表せるのだろう。

「さあ、まだ日のあるうちに描いておきたい。その着物を脱いで、これを着るように」

弓香は言い、部屋の隅に置いてあった赤い振袖《ふりそで》を差し出してきた。

二

「こ、これを私が着るのですか……」

栗太は、女の着物を前にして恐る恐る言った。

「そう、それを着て、私の言うとおりの形を取るのですよ。どうしても嫌なら、これでお帰りなさい」

「いいえ、嫌ではありません。帰るところもございません。どのようなことでも、弓香先生の言いつけを守ります」

「そう、よくお言いです。では」

彼の言葉に、弓香は満足げに頷《うなず》いて答えた。

栗太も観念して立ち上がり、彼女の見ている前で帯を解き着物を脱ぎ去った。

「腰巻も襦袢も不要です。着物のシワの具合を描くだけですので、そのまま着物を」

「はい」

言われて彼は、下帯一枚の上から赤い振袖を羽織った。

羽織ると弓香も立ち上がって手伝い、紐《ひも》を結び、後ろに回って帯を締めてくれた。さらに元結も解かれ、まだ湿っている髪が下ろされた。

「うん、似合います。色白だから本当に女子《おなご》のようです。では横座りになって、そう、顔はこちらに」

弓香は彼を座らせ、裾《すそ》を乱し、頬に手を当てて顔の向きも指定した。

「そのまま動かずに」

彼女は言って画帖を出し、筆を手にして手早く描きはじめた。

そして一枚目を終えると、さらに注文が来た。

「もっと裾をめくって、自分で陰戸《ほと》をいじるような仕草を。小指を立てて、女になったつもりで」

言われるまま、栗太は恥ずかしいのを堪《こら》え、裾をめくって内腿まで露《あら》わにした。

そして股間に指を当てると、また弓香が近づいて、あれこれと細かな指示をした。

「そう、二本の指の腹を、その辺りに。胸もはだけてお乳を出す感じに」

弓香は、彼の下帯の膨《ふく》らみは無視し、陰戸の位置を想定して指を当てさせた。

「顔も、出来るだけ心地よく喘《あえ》ぐように、そう、くしゃみを堪えるような顔つき」

いろいろ無理な注文をされ、栗太は恥ずかしいのを我慢しながら、出来るかぎり言われたことを忠実に行った。

肘《ひじ》で身体を支えるように横になり、股を開いて裾を乱し、はだけた胸からはみ出た乳房を揉《も》むような姿だ。しかも顔を仰《の》け反《ぞ》らせているから、娘が部屋で密かに自慰をしている想定なのだろう。

弓香が真剣そのものだから、栗太も辛《かろ》うじて言いなりに出来、彼女が描き終えるのを祈るような気持ちで待った。

普請《ふしん》場《ば》で肉体労働さえ行う覚悟だったから、それに比べれば、じっとしているだけだから楽なものだが、まさかこのような手伝いをするとは夢にも思わなかったものだ。

彼女は手早く筆を走らせ、大まかな形を写し取った。

ようやく終わったのでほっと力を抜いたが、実は肝心なのはここからだった。

「今度は顔。少し化粧するわね」

弓香が言い、自分の白粉《おしろい》や口紅を取り出し、栗太の顔に塗ってくれた。

彼はされるままに、じっとしながら薄目で弓香を見た。こんなに女の顔が接近するのは初めてだ。

うっすらと彼女の化粧の香りがし、そして興奮に汗ばんでいるのか、ふんわりと甘ったるい体臭も感じられた。しかも顔を寄せているので、弓香の熱く湿り気ある吐息も、ほんのりとした甘酸っぱい果実臭を含んで彼の鼻腔《びこう》を刺激してきた。

生まれて初めて嗅《か》ぐ美女の、しかも武家女の匂いに、栗太はいけないと思いつつ、痛いほど股間が突っ張ってきてしまった。

口紅も、彼女の指で直接塗りつけられた。

「ああ、可愛い……」

彼の顔を作り終えると、弓香が惚《ほ》れ惚《ぼ》れと言い、溜息混じりに呟《つぶや》いた。また生温かな息が顔を撫《な》で、栗太は芳香に胸を高鳴らせた。

そして彼女はいったん離れ、驚くべきものを取り出してきたのだ。

「では、口や舌の様子を描きたいので、これを舐める振りをして」

弓香は言い、彼に木の棒を手渡してきた。

「こ、これは……」

見て、栗太は驚いて絶句した。それは男根を模《も》した張り形だったのだ。

「さあ、このように」

弓香は淡々と言い、彼の右手に張り形を握らせ、先端を口に近づけさせた。

「こ、こうですか……」

栗太は言い、恐る恐る本物そっくりな亀頭に舌を伸ばした。

「そう、うっとりと目を薄目にして、小指を立てて」

言われたとおりにすると、弓香は筆と画帖を手にし、彼の表情や口、張り形を大きく描きはじめた。

舌を出しているのも疲れるが、まさかこのようなものを舐める日が来ようとは、実に今日は度肝《どぎも》を抜かれることの連続だった。

「良いでしょう。お疲れ様」

描き終えると弓香が言い、栗太は今度こそほっと全身の力を抜いた。

「もう着物を脱いで構いません」

言われて、栗太は振袖を脱ぎ去り、下帯一枚になった。

「では、下帯も取って、男のものを見せて」

「え……」

「やはり作り物では良くありません。本物を描いておきたいのです。さあ、こっちへ来て仰向けになって」

弓香の言葉に、栗太は緊張と興奮に目眩《めまい》さえ起こしそうになりながら、そろそろと言われる方へと移動した。隣の部屋は弓香の寝所で、彼女はそこに手早く床を敷き延べたのである。

栗太は、生まれて初めて触れるような綿入れの柔らかな布団に横たわり、震える指で下帯を取り去った。布団には、弓香の体臭が甘ったるく沁み付き、さっきから一向に勃起は治まらなかった。

「まあ、こんなに大きく……」

「も、申し訳ありません。決して弓香先生に妙な気を起こしているわけでは……」

勃起した一物《いちもつ》を見て弓香が息を呑むと、栗太は慌てて言い、両手で股間を押さえた。

「構いません。隠さないで」

弓香は画帖を持ってにじり寄り、栗太も言われて恐る恐る両手を離した。

「お前は、もう女を知っているの？」

「いいえ……」

こうして会話するのも初めてだと言おうとしたが、弓香を淫らな対象にするようなので言わなかった。もちろん魅惑的な美女に違いないが、何しろ相手は武家のうえ、今後の栗太の命運を握っている主人なのである。

「そう……。私も、このように明るい場所で見るのは初めて……」

弓香が言い、しげしげと熱い視線を這わせては、やがて絵筆を執りはじめた。

してみると、やはり夫婦になった旗本との情交は、暗い中で簡粗に行われただけなのだろう。

もちろん武家は、春本に描かれているように陰戸を舐めたりするような行為はせず、単に挿入するだけなのかも知れない。

上総の国許で、行商人がこっそり春本をくれたことがあり、栗太も何度か見たことはあるが、男根は巨大に描かれ、大人は皆このように大きなものなのかと驚いたことがあった。

そして陰戸を舐めたり、一物をしゃぶる絵を見て、それはどんなにか心地よく、興奮するものであろうかと想像したものだった。

「やはり、春画の一物はだいぶ大きめですね。旦那《だんな》様だった人のも、これぐらいだったと思います」

弓香は言い、手早く描きはじめた。

栗太は美女に見られているというだけで高まり、鈴口《すずぐち》からは粘液が溢《あふ》れ、雫《しずく》が膨らんできた。

「これは、精汁？」

「い、いえ……。気が高まると、前もって少し濡れるのです……」

「そう、女の淫水のようなものですね。ではお前も、自分で出すことは知っているのね」

「はい……」

「して見せて」

弓香は、肉棒とふぐりまで描き終えると、筆と画帖を置いて言った。

栗太はそろそろと右手を伸ばし、幹を握って動かしはじめた。

「なるほど、陰戸の代わりに手で筒を作るのですね」

枕絵師になりたての弓香は、何もかもが新鮮なように目を輝かせて言った。

「どれ、手をどかして。私がしてみます」

言われて手を離すと、やんわりと弓香が握ってきた。そして栗太がしたように、ぎこちなく動かしてくれた。

「あぁッ……！」

「気持ちいい？」

「は、はい……」

栗太は、生まれて初めて人に触れられ、夢のような快感に息を弾ませて悶《もだ》えた。

しかも人の愛撫というのは、痒《かゆ》いところに手が届かないもどかしさがあり、逆に予想も付かない動きがあって実に新鮮だった。

「構わないから、我慢せずに出してしまって……」

弓香は言うなり、いきなり屈《かが》み込んで先端を含んできたのである。

三

「アア……。ゆ、弓香先生……」

栗太は、信じられない思いで声を震わせた。春画を生業《なりわい》としているとはいえ、武家の美女が自分などの一物を深々と呑み込み、吸い付きながら内部でクチュクチュと舌をからみつかせているのだ。

彼はまるで、自分がまだ市谷八幡の軒下で寝ていて、今際《いまわ》の際《きわ》の夢でも見ているような気になった。

弓香は熱い鼻息で彼の恥毛をくすぐり、濡れた口で幹を丸く締め付け、味わうように舌を亀頭に這い回らせて蠢《うごめ》かせていた。あまりの快感に栗太は絶頂を迫られ、つい無意識にズンズンと股間を突き上げてしまった。

　すると弓香も、その動きに合わせて顔を上下させ、スポスポと清らかな唇で強烈な摩擦をしてくれたのだ。

「あぁッ……、い、いけません。いく……！」

　警告を発したが、もう間に合わず、あっという間に栗太は大きな絶頂の渦に巻き込まれてしまった。突き上がる快感に身悶えながら、彼は溜まりに溜まった熱い精汁を、どくんどくんと勢いよく武家女の口の中にほとばしらせてしまった。

「ク……、ンン……」

　喉の奥を直撃されながら、弓香は小さく鼻を鳴らし、なおも口を離さず、濃厚な舌の蠢きと吸引を続行してくれた。

「ああ……、も、申し訳ありません……」

　最後の一滴まで出し切り、徐々に力を抜きながら栗太は譫言《うわごと》のように呟いた。快感と激情が過ぎ去ると、畏れ多さが全面に襲ってきたのだ。

　しかし射精したというより、吸い出された感が強く、なおも弓香は亀頭をくわえたまま口に溜まったものをゴクリと飲み込んだ。嚥下《えんか》されると口腔がキュッと締まり、駄目押しの快感が得られた。

ようやく彼がグッタリとなると、弓香はそっと口を離し、幹を両手で挟みながらしごくように動かし、鈴口から滲《にじ》む余りの精汁を舐め取った。

「あう……」

その刺激に彼は呻《うめ》き、射精直後の亀頭が過敏に反応して震えた。

「なるほど、これぐらいの量と勢いなのね。味はあまりないけれど、懐かしい匂い」

弓香が感想を述べた。

あとで聞くと、夫婦の情交のあと、陰戸を拭った懐紙《かいし》を嗅いだことがあり、それで精汁の匂いは知っていたようだった。

栗太は、もう魂《たましい》まで抜かれてしまったように力が抜け、荒い呼吸を繰り返しながら余韻に浸り込んだ。ぼんやり思ったのは、手すさびと違い、生身の女がいるときは精汁の始末をしなくて済むということだった。

「さあ、一度出して落ち着いたでしょう。息が整ったら、次の仕事があるわ」

弓香が言って立ち上がり、今度は自分がくるくると帯を解きはじめた。

何を始めようというのか、栗太は驚いて半身を起こし、端座しながら彼女がすることを見つめていた。

彼女はためらいなく着物を脱ぎ、襦袢と腰巻まで取り去ってしまった。

そして一糸《いっし》まとわぬ姿になると、空いた布団に座り、股を開いてその間に画帖を広げたのだ。

「さあ栗太。私の陰戸を見て、なるべく細かく描きなさい」

弓香は言うなり、そのまま仰向けになった。立てた両膝を全開にし、その股間には画帖と筆が置かれている。

「わ、私は絵など……」

「いいえ、お前は器用そうです。とにかく描いてごらん。自分で、鏡で見て描くだけでは不十分なので、お前に写してほしいのです。見たままを、そのまま素直に」

「は、はい……」

言われて、栗太は恐る恐る彼女の股間に顔を進めて腹這いになり、筆を手にした。

緊張と興奮に震える指を押さえ、とにかく神秘の中心部に目を凝《こ》らした。

(何という……)

美しい眺めだろう。栗太は、生身の陰戸に目を奪われた。

春画では、毛むくじゃらの饅頭《まんじゆう》が割れ、貝の舌のようなものがはみ出して醜怪《しゆうかい》な感じさえしたが、実際にはもっと気品と艶《なま》めかしさがあった。

黒々と艶《つや》のある恥毛がふっくらした股間の丘に茂り、割れ目からは花びらのような陰唇がはみ出していた。興奮に色づいているのか、陰唇は淡紅色に染まり、トロリとした蜜汁に潤《うるお》っていた。

冷静に見える弓香だが、相当な興奮を覚えているのかも知れない。

そして、さすがに男の前で大股開きになって普通でいられるわけもなく、彼女はしきりに息を詰めて喘ぎを抑え、白くムッチリと張り詰めた内腿が小刻みに震えているのが見て取れた。

彼女が平静でないのを知ると、多少は気が楽になり、とにかく栗太は絵筆を執り、指の震えを押さえて画帖に向かった。

手早く恥毛を描き、太腿の付け根を大まかに決め、中心部の陰唇を見ながら細かな襞まで克明に写した。見たままというので、割れ目の下の方にある可憐《かれん》な肛門も描き入れ、だいたい仕上げることが出来た。

初めて見る陰戸に胸が高鳴り、落ち着いて筆を走らせるのは相当に大変だった。

しかも量感ある滑《なめ》らかな内腿に挟まれた空間には、熱気と湿り気が籠もり、悩ましい匂いも含まれているのだ。

「な、何とか、下手《へた》ですが描きました……」

「そう、では中も」

弓香は言うなり、股間に手をやり、両の人差し指でぐいっと陰唇を左右に広げたのだ。

（うわ……！）

栗太は目を見張った。

今まで見えなかった花びらの内部が丸見えになった。桃色の柔肉はヌメヌメと潤い、細かな襞が花弁状に入り組んだ膣口は妖《あや》しく息づいていた。その少し上にあるポツンとした小穴が尿口だろうか。

栗太は春画で見た陰戸を思い浮かべながら、一つ一つ確認した。

さらに割れ目上部には、包皮の下から光沢のある小粒のオサネが顔を覗《のぞ》かせていた。

「アア……、よく見て……。早く描いて……」

弓香が言い、とうとう豊かな乳房を大きく起伏させて息を弾ませはじめた。

割れ目の内部いっぱいにネットリと淫水が溢れ、今にも肛門の方にまで滴《したた》りそうになっている。

「はい……」

栗太はもう一枚の紙を彼女の股間に置き、筆を墨壺《すみつぼ》に浸し、再び描きはじめた。

今度は縦長の、菱形《ひしがた》に近い形を描き、その内部で襞の入り組む膣口、尿口、小豆《あずき》大のオサネを描いた。

あまりに絵が稚拙《ちせつ》で匂いも興奮も伝わらないが、それなりに形と位置は正しく描き写したつもりである。

「描けました……」

「そう、じゃ絵と筆を遠くに置いて。あとで見るから……」

弓香は言い、なおも股を開きながら、その恥ずかしい体勢を崩さなかった。

「ねえ栗太。春画にはよく描かれるけれど、実際に男が陰戸を舐めるというのはあると思う?」

「はい……。あると思います……」

弓香が言い、栗太も、彼女の股間に顔を向けたまま答えた。

「そう、では絵空事ではなく、男は舐めたいと思うものなの? ゆばりを放つところを」

しょう」


「はい、思います……。かつて旦那様は、そうしたことは……？」

「武士の世界では有り得ません。男が、女の股座《またぐら》に顔を押しつけるわけないでしょう」

彼女が答えた。

そんなものかと、栗太は武家に生まれなくて良かったと心から思った。

「でも、もし本当に舐めたいのなら、してみてほしいのだけれど……。もちろん無理にとは申しません。断られても、お前を追い出したりはしない……。ただ、どのような心地なのか、仕事の上で身をもって知りたいものですから……」

「はい、どうかお命じ下さいませ」

栗太は、思いがけない展開に息を弾ませた。もちろん一物は、さっきの射精などなかったように回復し、最大限に膨張していた。

「いいえ、このようなことを命じるわけにいきません……」

「では、私からお願い致します。お許し願えるのでしたら、どうか舐めさせて下さいませ」

「ああ……、本当に嫌ではないのね……。では、ほんの少しでいいから、お願い……」

弓香は言い、話している間にも新たな淫水がヌラヌラと溢れていた。

栗太は腹這いのまま顔を押し進め、美女の中心部に鼻先を迫らせた。そしてそっと茂みの丘に鼻を埋《うず》め込むと、柔らかな感触とともに、甘ったるい汗と、微《かす》かな刺激を含む残尿臭、それに大量の淫水による生臭い匂いも入り混じって感じられた。

栗太は何度も息を吸い込み、武家女の生ぬるく悩ましい体臭を嗅ぎ、陰戸に舌を這わせていった。

陰唇の表面は、汗に似た味がし、徐々に内部に挿《さ》し入れていくと、ぬるっとした生ぬるい蜜汁が淡い酸味を伝えてきた。

これが女の陰戸の匂いで、淫水の味なのかと、栗太は感激と興奮に包まれた。

そして舌先で膣口に入り組む襞をクチュクチュと掻き回し、滑らかな柔肉をたどって、ゆっくりとオサネまで舐め上げていった。

四

「アアーッ……！　き、気持ちいい……」

それまでじっと息を詰めて耐えていた弓香が、オサネを舐められた途端に声を上げ、ビクリと弓なりに反り返って硬直した。

栗太はもがく腰を抱え込み、弓香が悦《よろこ》ぶのが嬉《うれ》しくて、しきりに舌先でオサネを舐め回した。蜜汁の量も格段に増え、たまに彼は膣口に口を付けてヌメリをすっては、またオサネに吸い付いていった。

「も、もういいわ……。嫌だったら止《や》めて……、でも、もう少しだけ……」

弓香は声を震わせ、すっかり朦朧《もうろう》となって言った。

栗太は執拗《しつよう》に陰唇の内側とオサネを舐め回し、美女の味と匂いに酔いしれた。

「ああ……。ねえ栗太、指を入れてみて……」

弓香が、ヒクヒクと白い下腹を波打たせて言った。

栗太はオサネに吸い付きながら、右手の人差し指を陰戸に当て、膣口を探りながらそろそろと押し込んでみた。

「あうう……、いい。もっと深く……。中でこすって……」

次第に彼女の声が上ずり、栗太は指を根元まで挿入し、温かく濡れた内壁の上下左右を探った。中は襞があって締まり、確かに一物を入れたらたいそう心地よいだろうことは充分に想像できた。

「く……、そこ……。もっと……」

彼が手のひらを上に向け、内部の天井をこすると弓香が息を詰めて言った。

栗太は指を出し入れさせるように動かし、オサネを弾くように舐め続けた。愛撫しながら目を上げると、息づく下腹の向こうに豊かな乳房が弾み、その間から弓香の仰け反る顔が見えた。

「アア……、き、気持ちいい……。いく……、ああーッ……！」

たちまち弓香が口走るなり、ガクガクと狂おしく腰を跳ね上げて悶えた。膣内の収縮も最高潮になり、指が痺《しび》れるほど締め付け、同時に粗相《そそう》したかと思えるほど大量の淫水を漏らしてきた。

「も、もう堪忍《かんにん》……。離れて……！」

弓香が激しく腰をよじりながら声を絞り出すと、凄《すさ》まじい反応に目を丸くしていた栗太は顔を引き離し、ぬるっと指も引き抜いた。

「ああ……」

彼女は横向きになって身を縮め、徐々に肌の硬直を解いてグッタリとなっていったが、たまにビクッと激しい痙攣《けいれん》を起こした。

荒い呼吸を繰り返す弓香を見下ろし、栗太は心配そうに囁《ささや》きかけた。

「あ、あの、大丈夫ですか……」

「ええ……、しばらく放っておいて……。こんなに良かったの初めて……。自分でするより、ずっと……」

弓香が息も絶えだえになって言った。

してみると女も、男のように手すさびをするようだった。あるいは春画を生業とするので、どのようなものか自慰の快楽を試してみたのかも知れない。

膣口に入っていた指は、淫水が攪拌《かくはん》されて白っぽく濁《にご》り、指の腹は湯上がりのようにふやけてシワになっていた。

「本当に、舐めるのは嫌ではなかった……？」

弓香が、荒い呼吸とともに言った。

「はい。もう少し舐めてもいいですか？」

「陰戸はしばらく堪忍……」

彼女が答えた。男の射精直後の亀頭のように、しばらくは刺激に対して過敏になっているのかも知れない。

「では、他のところを少しだけ……」

栗太も、急に積極的になって言った。やはり互いに全裸でいると、何でも許されるような気になってくるものだ。

彼は弓香の足に屈み込み、そっと足裏に顔を押し当ててみた。

踵《かかと》から土踏まずに舌を這わせて生温かな感触を味わい、形良く揃った指の間に鼻を押しつけてみた。そこは汗と脂《あぶら》にジットリ湿り、蒸《む》れた芳香が濃く籠もり、その刺激が直《じか》に一物に伝わってくるようだった。

爪先にしゃぶり付き、指の股にヌルリと舌を割り込ませると、

「く……、んん……」

弓香は小さく呻き、くすぐったそうに足を震わせたが、拒《こば》む力は湧いてこず、子犬でもじゃれている程度に思ってくれたようだった。

栗太は両足とも、うっすらとしょっぱい指の股を全て貪《むさぼ》り、滑らかな脚を舐め上げていった。

彼女が横向きで身体を丸めているので、栗太の目には自然に白く豊満な尻が飛び込んできた。そこまで舌でたどり、そっと指で谷間を広げると、奥には薄桃色の可憐な蕾《つぼみ》がひっそりと閉じられていた。

鼻を埋め込むと、ひんやりした双丘が顔中に密着し、蕾に籠もった秘めやかな微香が感じられた。舌を這わせると、細かな襞の震えが伝わり、充分に濡らして

から潜り込ませると、ぬるっとした滑らかな粘膜に触れた。

「あう……、駄目。汚いから……」

弓香は、まだ朦朧としながら尻をくねらせて言った。

栗太は充分に美女の肛門を舐め、再び陰戸に潜り込もうと思ったが、いきなり彼女に手を摑《つか》まれ、引っ張り上げられてしまった。

「悪戯《いたずら》っ子ね……。でも、会ったばかりの気がしない……」

弓香は彼に腕枕して囁き、豊かな胸にギュッと抱きすくめてくれた。

栗太は、美女の甘ったるい汗の匂いに包まれながら、鼻先にある薄桃色の乳首にチュッと吸い付いた。

「アア……、気持ちいい……」

弓香は拒まず、彼の顔を膨らみに押しつけて悶えた。

栗太は心地よい窒息感に包まれ、もう片方の膨らみにも手を這わせた。

着衣の時は長身でほっそりと見えたが、着痩せするたちなのだろう。脱いでみると胸も尻も実に豊満で艶めかしい肢体だった。

「こっちも……」

弓香は自分からもう片方の乳首を突き出して含ませ、再び息を弾ませてきた。

栗太は舌で転がし、顔中を柔らかな膨らみに押しつけながら吸った。さらに甘ったるい匂いに誘われ、腋《わき》の下にも顔を埋め、色っぽい腋毛に鼻をくすぐられながら美女の体臭に噎《む》せ返った。

「駄目。そこはくすぐったいから……」

弓香は言い、彼の顎《あご》に指を当てて顔を上向かせた。

そろそろと顔を上げると、弓香の白い顔が迫り、ぴったりと唇が重なってきた。

柔らかな感触と、ほんのりした唾液の湿り気が伝わり、さらに甘酸っぱい息の匂いが馥郁《ふくいく》と鼻腔を刺激してきた。

触れ合ったまま口が開かれ、弓香の舌がヌルリと侵入してきた。

栗太も歯を開いて受け入れると、それは慈《いつく》しむように彼の口の中を舐め回し、生温かくトロリとした唾液も流れ込んできた。彼は舌をからめながらうっとりと喉を潤し、かぐわしい匂いの籠もる弓香の口の中にも舌を挿し入れていった。

「ンンッ……」

弓香は熱く鼻を鳴らして吸い付きながら、肌に触れる一物に指を這わせてきた。

そして彼女は執拗に舌をからませ、そろそろと上になって一物に跨《また》がり、手探りで先端を陰戸にあてがった。

栗太も身構えるように仰向けになると、たちまち彼女は茶臼《ちやうす》（女上位）で交接し、肉棒を受け入れていった。

「あぁッ……！　いいわ。奥まで当たる……」

ヌルヌルッと滑らかに根元まで貫かれると、彼女は完全に股間を密着させて喘いだ。

彼も、肉襞の心地よい摩擦に暴発を堪え、息を詰めて初体験の感触と感激を味わった。

これが情交というものなのだ。さっき口に射精していなかったら、挿入の快感だけで、あっという間に果てていたことだろう。

「アア……、なんて気持ちいい……」

弓香も完全に肌を重ね、彼の肩に腕を回してしっかりと抱きすくめながら喘いだ。

やはり舌と指で気を遣《や》るのに比べ、一体となって快感を分かち合うのは段違いの良さなのだろう。

「いい？　なるべく我慢をおし……」

弓香は熱い息で囁き、彼の鼻の頭や頬に舌を這わせながら、そろそろと腰を動かしはじめた。たちまち新たに溢れた淫水が二人の股間をビショビショにさせ、動きを滑らかにさせた。

「ああ……、またいきそう……」

弓香は次第に動きを速め、股間と乳房をこすりつけてきた。下腹部では茂みがこすれ合い、彼の胸には柔らかな乳房が密着してこね回された。

栗太も下から両手でしがみつき、動きに合わせて股間を突き上げはじめた。

「あうう……。もっと突いて、奥まで強く……。い、いく……!」

互いの動きが一致すると、彼女は急激に高まり、そのまま気を遣ってしまったようだった。がくんがくんと狂おしい痙攣を開始し、膣内の収縮も最高潮になった。

その凄まじい絶頂の波に巻き込まれ、続いて栗太も昇り詰めてしまった。

「く……!」

突き上がる快感に呻きながら、ありったけの精汁を勢いよく放った。

「アアッ……、熱いわ。感じる。もっと出して……」

弓香は内部に噴出を感じ取り、駄目押しの快感を得たように口走った。そして膣内を締め続け、結局栗太は彼女の上と下の口で最後の一滴まで吸い取られたのだった。

「ああ……、良かった……」

彼が出し切ると、弓香も満足げに肌の硬直を解き、グッタリと彼にもたれかかって身体を預けてきた。

栗太は美女の重みと温もりを受け止め、甘酸っぱい果実臭の息を間近に嗅ぎながら、うっとりと快感の余韻に浸り込んでいったのだった。

五

「なかなか上手《うま》く描けている……。そう、私の陰戸はこのようなのですね……」

栗太の描いた二枚の絵を見ながら、弓香が言った。

まだ二人は全裸のまま、互いの股間を懐紙で軽く拭っただけだった。外は、日が傾きはじめている。

「これだけ描けるなら、他のものも少しずつ稽古《けいこ》すれば上手くなります」

「そうでしょうか」

「いろいろ私の手伝いをしてもらいますので」

「はい、よろしくお願い致します」

栗太は全裸のままだが、座り直して頭を下げた。

そして彼は手早く身繕《みづくろ》いをし、井戸端で顔の化粧を洗い落としてから手早く髪を束ね、厨で夕餉《ゆうげ》の仕度をはじめた。

米も味噌も野菜も充分にある。国許にいた頃から、非力な栗太は畑仕事よりは賄《まかな》いを多くさせられたので慣れたものだった。

弓香も起き出して、井戸端に行って陰戸を洗い、身体を拭いた。夏場は行水も出来るように囲いがしてあるから、通る人から塀越しに見られることもない。

そして彼女は着物を着て襷《たすき》を掛け、また暗くなるまで画業に専念しはじめた。

栗太は、こんな美女と二人で暮らせることが夢のようだった。市谷の八幡様に縋《すが》ったのが、どうやら大正解だったのだろう。

厠を借りても、匂うのは弓香の出したものだけだから、ついうっとりとなってしまう。

彼女が厠に入れば、つい耳を澄ませて胸を高鳴らせてしまった。

やがて夕餉の仕度が整い、弓香が言うので栗太も一緒に食事をした。飯に干物と漬物だけの質素なもので、彼女は春画で稼げるようになっても、特に贅沢をしようという気はないようだった。

夕餉を終えると栗太は後片付けと洗い物をして、弓香の部屋の押し入れから一組の布団をもらって三畳間に敷き延べた。いかに懇《ねんご》ろな仲になっても、やはり寝所は別で、栗太も主人と奉公人という立場をわきまえていたかった。

日が落ちると弓香の部屋に行燈《あんどん》を点《つ》け、戸締まりをした。

もちろん栗太の部屋には行燈など贅沢なものはない。寝巻などもなく、腹掛けと下帯姿で、与えられた掻巻《かいまき》に潜り込むだけだった。それでも貧乏な国許の暮らしに比べれば、極楽にいるように快適だった。

「栗太、来て。少しお話ししたい」

あとは寝るだけとなると、弓香が呼んだ。彼女は寝巻姿で、やはり一人暮らしが長いから人恋しかったようだ。

「なぜ女だてらに枕絵師などと思うでしょうね。まして武家の生まれで」

「はあ……」

栗太は、どう答えて良いか分からず曖昧に頷いた。

「亡き父の話では、奥絵師などは派閥と嫉妬《しっと》ばかりで、何とも醜かったようです。それは表絵師も同じことです」

弓香は布団の上に座り、淡々と話した。

奥絵師の役割は将軍のお好みの絵を描くだけでなく、大名や朝廷、朝鮮王朝への贈答品なども手がけ、お目見え以上の格式がある。表絵師はそれ以下のものだが、少しでも上へ取り入ろうとする権謀術数《けんぼうじゅつすう》の渦巻く世界だったようだ。

結局、弓香の父親は過酷な画業の中で病死した。

いっぽう旗本に嫁《とつ》いだ弓香は三年で離縁され、実家からも出て、一人で生きていく生業を模索する中で藤乃屋の春画に出会った。

「裸の男と女の絵は、実に心を打つものがありました。裸になれば、分け隔てもなく、武家も町人も関係のない、神代《かみよ》の時代からの大らかな悦びが感じられたのです」

弓香は熱っぽく語った。

「三年の間、味気ないまま情交を繰り返し、それなりに悦びも覚えはじめたのですが、先ほどお前と交接し、これほどまでに心地よいものとは思ってもいませんでした。以後は枕絵にもいっそう熱が入ることでしょう。お前との出会いに感謝します」

「め、滅相《めっそう》も……」

栗太は恐縮して平伏した。

「お前も、私の手伝いや家事の合間に、絵の稽古をしなさい」

「承知いたしました」

「では、脱いでここへ」

弓香は言い、自分も手早く寝巻を脱いで布団に横たわり、栗太の場所を空けた。

昼間あれだけ濃厚な快楽に耽《ふけ》ったのだが、彼女はまだ足りないようだ。それは栗太も同じである。お互いに、快楽を覚えたばかりで夢中なのだ。

栗太も全裸になって彼女の横へ滑り込んだ。すぐにも弓香が腕枕してくれ、熱烈に唇を重ねてきた。

かぐわしい息が鼻腔を刺激し、長い舌が潜り込んできた。

彼も舌をからめ、美女の唾液と吐息にうっとり酔いしれると、弓香は栗太の手を取り、豊かな乳房に導いてきた。

柔らかな膨らみを揉み、指の腹でぽっちりした乳首をいじると、

「アアッ……」

弓香が口を離し、淫らに唾液の糸を引いて顔を仰け反らせた。

栗太は白い首筋を舐め下り、乳首に吸い付いていった。顔中を豊満で柔らかな

膨らみに押しつけ、舌で乳首を転がしながら、もう片方も指で愛撫した。

「き、気持ちいい……」

彼女はうねうねと身悶えながら熱く喘ぎ、栗太も左右の乳首を交互に含んで吸った。

「ねえ、栗太……。今度は上から入れて……」

「はい……」

「入れる前に、嫌でなかったら、もう一度……」

「ええ、私もうんとお舐めしたいです」

彼が言うだけで、弓香はびくりと肌を波打たせた。陰戸を舐められることに気が引けながら、どうにもその快感が忘れられないようだ。

栗太は滑らかな肌を舐め下りながら、やがて弓香の股間に身を置き、柔らかな茂みに鼻を埋め込んだ。夕刻に井戸端で洗ってしまったが、隅々には彼女本来の体臭が悩ましく籠もっていた。

陰戸を舐めると、舌先がぬるっと滑るほど、すでに大量の蜜汁が大洪水になっていた。

淡い酸味のヌメリをすすり、膣口からオサネまで舐め上げると、

「アァッ……、き、気持ちいい……。そこ、もっと……」

弓香が声を上ずらせて喘ぎ、下腹を波打たせ、股間を突き出してきた。

栗太も舌先をオサネに集中させ、激しく勃起しながら美女の淫水を貪った。

「い、入れて……。栗太……」

急激に高まり、弓香が気を遣ってしまう前に口走った。

もちろん栗太も待ちきれないほど勃起していたので、そのまま身を起こし、股間を押し進めていった。

そして張り詰めた先端を陰戸にこすりつけ、充分にヌメリをまつわりつかせてから位置を探った。

「もう少し下……。そう、そこよ、来て……」

弓香も息を詰めて僅《わず》かに腰を浮かせ、位置を定めてくれながら言った。

グイッと股間を突き出すと、屹立《きつりつ》した肉棒がぬるっと膣口に潜り込んだ。

あとはヌルヌルッと滑らかに吸い込まれてゆき、彼は肉襞の摩擦に酔いしれながら根元まで押し込んだ。

「アア……、いい……」

弓香がうっとりと喘ぎ、キュッと一物を締め付けてきた。彼も股間を押しつけながら、ぎこちなく両脚を伸ばして身を重ねると、下から彼女が激しく抱き留めた。

身体を預けると、柔肌の弾力が何とも心地よかった。

茶臼（女上位）も美女を仰げて嬉しかったが、こうして本手《ほんて》（正常位）で重なると、動きが自由に出来て良いと思った。

やがて弓香が股間を突き上げてきたので、栗太も腰を突き動かしはじめ、美女のかぐわしい息を嗅ぎながら激しく高まっていった。

胸の下では乳房が押し潰《つぶ》れて弾み、律動に合わせてピチャクチャと淫らに湿った摩擦音も響いた。

「い、いっちゃう……！」

もう動きが止まらなくなり、たちまち栗太は大きな絶頂の渦に巻き込まれて口走った。

同時に、熱い大量の精汁が勢いよく内部にほとばしり、

「あう……、熱い。もっと出して……、アアーッ……！」

噴出を感じた弓香も続いて気を遣ったようだ。

膣内が収縮し、彼女がガクガクと狂おしく腰を跳ね上げ、彼を乗せたまま弓な

りに反り返った。

栗太は暴れ馬にしがみつく思いで、必死に腰を突き動かし、心おきなく柔肉の奥に出し尽くした。そして徐々に動きを弱めていくと、弓香も次第に肌の強《こわ》ばりを解いてゆき、グッタリと身を投げ出した。

「ああ……、良かった……」

弓香が満足げに言い、まだ名残惜《なごりお》しげに膣内を締め付け続けた。

栗太は内部で過敏に反応しながら、柔肉に身を委ね、うっとりと余韻を味わった。

そして災い転じて福となった、江戸での輝かしい暮らしの始まりに、大いなる希望を抱いたのだった。

第二章　むすめ秘悦帖《ひえつちょう》

一

「わあ、上手《うま》いわ。栗太さん、腕を上げたわね」

光《みつ》が、栗太の描いている絵を覗《のぞ》き込みながら歓声を上げた。肩越しに、美少女の息がふんわりとうなじをくすぐり、彼は甘酸っぱい芳香に思わず股間を熱くして、筆を震わせてしまった。

光は十七歳、山水堂《さんすいどう》という筆や絵の具などの画材を扱う大店《おおだな》の一人娘で、絵師である弓香の家に何かと出入りしていた。

栗太が、弓香の家に転がり込んで五日が過ぎた。毎日彼は、弓香の言いなりの衣装を着て形を取り、それを弓香が描き、その合間に絵の勉強をさせられた。そして夜には、弓香の欲望の赴《おもむ》くままに肉体を貪《むさぼ》られた。

栗太も少しずつ、絵と愛撫の両方が上達してきたのが自分で分かった。

情交はともかく、絵の方も案外楽しく、次第に思い通りに筆が走るようになってきて、それは弓香も喜んでくれていた。

光は一日おきぐらいに顔を出し、弓香に言われて必要な絵の具や紙を持ってきてくれるのだった。

気さくで人なつこい光は、美しい弓香に憧《あこが》れを寄せているようだ。そして栗太にも、何かと話しかけてすっかり打ち解けていたのである。

しかし栗太は、愛くるしい笑窪《えくぼ》の似合う町娘に話しかけられると緊張してしまった。

何しろ、ようやく弓香との暮らしで、女というものが分かりかけてきたのに、生娘《きむすめ》となると、また分からなくなってしまうのだ。

弓香との情交は毎晩行うので、もう手すさびは、する必要がなくなっていた。もちろん覚えたてで情交したい盛りだから、弓香の求めを面倒と思ったり、慣れて食傷気味になることもなく、彼も夜が楽しみだった。

しかし、そんな快楽の合間にも、光の陰戸《ほと》はどのようだろうとか、つい思ってしまうことがあった。

「ねえ、お光ちゃん。少しお手伝いしてほしいのだけれど」

弓香が、絵筆を置いて言った。

「はい。何でも仰《おつしや》って下さい。今日はすぐ帰らなくても構いませんので」

すると光も笑顔で答え、栗太の背後から離れた。

「いま描いているのは、一人の大店の娘が、奉公人の若い男に悪戯《いたずら》するところなのだけれど、その形を取ってくれる？　栗太と一緒に」

「ええ、構いません」

言われて、光は物怖《ものお》じせず即答した。

江戸っ子の娘とはこんなものなのかと、栗太は一瞬ドキリと胸を高鳴らせた。

今の仕事は市谷の藤乃屋から依頼された戯作《げさく》の挿絵《さしえ》だが、秘悦帖という連作ものので、内容もかなり強烈なのだった。

「そう、ありがとう。これお駄賃《だちん》」

弓香は言って、一分銀を差し出すと、さすがに光は怯《ひる》んだ。

「こんなに要りません。弓香先生はお得意様ですから……」

「いいのよ、誰にも内緒で頼みたいのだから」

「そうですか……。じゃ遠慮なく頂戴《ちようだい》します。おっかさんがうるさくて、お小遣《こづか》いが少ないので助かります」

光は言い、袂《たもと》から赤い巾着《きんちゃく》を出し、押し頂くようにして一分銀をしまった。

「じゃお願いね。栗太も一緒に」

「はい」

栗太も絵筆を置き、弓香の前に出た。

「お光ちゃんは、当然まだ男を知らないわね？」

「ええ、でも弓香先生の絵は年中拝見しています。いずれ婿《むこ》を取るにしても、何も知らないのも困るので学ばせてもらってます」

光は、際《きわ》どい話題も明るく答え、好奇心に目をキラキラさせていた。栗太は、江戸娘のそんなあっけらかんとした様子に、また驚いていた。

「自分でいじったことは？」

弓香が、さらに大胆に訊《き》くと、さすがに光もチラと栗太の方を見てから弓香に向き直って頷《うなず》いた。

「あります……」

「そう、じゃ気持ち良さは分かっているわね。実は娘が奉公人に陰戸を舐めさせるという形で描きたいの。もちろん裸にならなくていいから、形だけ取って」

「分かりました。構いません」

光が答え、栗太はすっかり一物《いちもつ》が突っ張ってきてしまった。

「じゃ栗太、ここへ来て仰向けにおなり」

「はい」

言われて栗太は弓香の前に行き、もちろん着衣のまま仰向けになった。股間の突っ張りを見られないよう緊張したが、今の弓香は絵のことしか頭にないようだ。

「じゃお光ちゃん、この戯作では我《わ》が儘《まま》娘なので、まず奉公人を苛《いじ》めるところがあるの。栗太の腹に座って、足を顔に載せて」

弓香が絵筆を構えて言うと、光はさすがに少し緊張に頬を強《こわ》ばらせながら栗太ににじり寄ってきた。

「大丈夫？　栗太さん、私重いわ」

「ええ、私は大丈夫ですので、どうか先生の仰るとおりに」

栗太が答えると、光はほんのり頬を染め、そろそろと仰向けの彼の腹に跨《また》がってきた。

そしてギュッと身体の重みをかけて座り込み、僅《わず》かに立てた彼の膝に寄りかかるようにしながら、恐る恐る栗太の顔に足裏を載せてきたのだ。

「ああ……、変な感じ……。ごめんなさいね、栗太さん……」

光は声を震わせて言いながら、よろけそうになって彼の腹の上でクネクネと腰を動かした。もちろん栗太はうっとりと彼女の重みと温もりを感じながら、顔に当たる素足を味わった。

「両足とも載せられる？」

弓香に言われ、光はもう片方の足も栗太の顔に載せたので、全ての目方が彼の顔と下腹にかかった。

「ああ……、男の人の上に座っているなんて……」

光が熱く息を弾ませて言い、栗太は彼女の指の股の蒸《む》れた匂いに陶然《とうぜん》となっていた。

「栗太、舐めて。お光ちゃんは、もっと意地悪そうに笑って」

すでに絵筆を走らせながら弓香が言い、栗太は舌を伸ばして光の足裏から、汗と脂《あぶら》に湿った指の股まで味わいはじめた。

「あん……、くすぐったいわ……。汚いのに、いいの……？」

光は喘《あえ》ぎながらも、懸命に言われるまま笑顔を作ろうとするが、どうにもじっとしていられず息が荒くなってしまうようだった。

弓香の言いつけで、図らずも美少女の足を舐めることが出来、栗太は激しく勃起した。しかも彼女の重みを受け、着物を通して温もりも感じられた。下腹に当たる彼女の股間にも神経を集中させ、生娘の陰戸の形状を想像すると、堪《たま》らず息が弾み、爪先をしゃぶる舌にも力が入った。

「アアッ……!」

光は腰をくねらせて喘ぎ、とても意地悪そうな笑みなど浮かべられないようだった。

それでも弓香は絵を描き、栗太が彼女の左右の足をしゃぶり尽くす頃、ようやく筆を置いた。

「いいでしょう。じゃお光ちゃん、栗太の顔を跨いで」

「はい……」

足を舐められ、朦朧《もうろう》となりながらも光は素直に頷き、腰を浮かせて移動してきた。

「裾《すそ》をめくって陰戸を見せるのは駄目?」

「い、いえ……」

弓香に言われると、光は断り切れないようだった。

金を貰《もら》ったからではなく、もともと天真爛漫《てんしんらんまん》で、羞恥心よりは好奇心のほうがずっと大きい性格なのだろう。それに栗太と二人きりならためらいはあるが、三人だし、好きな弓香の仕事の助けと思うと、抵抗感もないようなのだ。

「じゃ、厠《かわや》に入る格好ではなく、こちらに陰戸が見えるように片方の膝を突いて、もう片方は立てて」

弓香が言うと、光はそろそろと着物と腰巻の裾をからげて、栗太の顔に跨ってきた。

「ごめんね栗太さん……」

「いいえ、構いませんので」

上から言われ、栗太は願ってもない状況に、激しく興奮しながら答えた。

もちろん弓香は、何も栗太が喜ぶことをしているのではなく、純粋に仕事のためにさせているのだ。あるいは前から、光にこのような仕事を頼みたいというようなことを言っていたのかも知れない。

とにかく仰向けの栗太の鼻先に、正真正銘の生娘の陰戸が迫ってきた。

全く思いもかけないことが、理解する前に展開されていた。これが、彼が江戸へ来て経験した、最も大きな驚きかも知れない。

股間はぷっくりとした丸みを帯び、楚々《そそ》とした若草が薄墨《うすずみ》のように煙っていた。割れ目からは桃色をした、やや肉厚の陰唇がはみ出していて、それはまるで光本人の唇を縦に付けたような感じだ。

しかも肌の温もりとともに、陰戸から漂う汗とゆばりの匂いが鼻腔《びこう》を刺激し、その感動が心地よく一物に響いてきた。

「ああ……、恥ずかしい……」

光が、白くムッチリとした内腿を震わせながら、吐息混じりに呟《つぶや》いた。

「どうしても嫌なら、止《や》めて構わないから言って」

「いいえ、大丈夫です……」

光が健気《けなげ》に答えると、弓香はさらに過酷で淫らな要求をしてきた。

「自分で陰戸を開いて、中を見せてあげて」

言われると、光は片膝を突きながら指を割れ目に当て、二本の指でぐいっと陰唇を広げてきた。

栗太は、美少女の内部に目を凝《こ》らした。

二

「アア……。何だか、変になりそう……」

男の顔の真上で、自ら陰唇を全開にしながら光が喘いだ。

桃色の柔肉はヌメヌメと潤《うるお》い、生娘の膣口は細かな花弁を震わせて息づいていた。昼間なので、ポツンとした小さな尿口もはっきりと見え、さらに光沢あるオサネも包皮の下からツンと顔を突き出していた。

栗太は、何とも清らかで艶《なま》めかしい眺めにうっとりと見惚《みと》れ、美少女の股間の匂いに酔いしれた。彼の熱い視線と息を真下から感じるだけで、光はさらに熱い淫水を湧き出させてきたようだ。

濡れ具合からして、光が少しも嫌がっていないというのが分かって嬉《うれ》しかった。

「いいわ、しばらくそのまま」

弓香が言って手早く絵筆を走らせ、じっとしている間にも淫水が溢《あふ》れて雫《しずく》を膨《ふく》らませ、とうとうツツーッと糸を引いて彼の口に滴《したた》ってきたのだ。

彼は舌に受け、ネットリとした蜜汁を味わった。

「栗太、お舐め」

すると弓香から声がかかり、彼は嬉々として舌を伸ばし、熱く濡れた陰戸を舐めた。

「アアッ……！」

光は喘ぎ、クネクネと腰を動かし、何度も力が抜けそうになって彼の顔にギュッと座り込んできた。柔らかな若草に鼻を塞《ふさ》がれると、隅々に籠もった汗とゆばりの刺激的な匂いが、馥郁《ふくいく》と彼の鼻腔に広がってきた。

栗太は何度も息を吸い込んで、美少女の体臭を嗅《か》ぎ、舌先で膣口から柔肉をたどり、オサネまで舐め上げていった。蜜汁は淡い酸味を含み、コリッとした小さな突起の舌触りが可愛らしかった。

「栗太、お尻の穴も」

言われて彼は移動し、美少女の白く丸い尻の真下に潜り込んだ。

顔中に、ひんやりとした双丘を密着させながら、彼は谷間にひっそり閉じられた薄桃色の蕾《つぼみ》に鼻を埋《うず》めた。

秘めやかな微香が可愛らしく籠もり、栗太は美少女の恥ずかしい匂いを存分に嗅いでから、舌先でくすぐるように肛門の襞を舐め回した。そして充分に濡らしてから、さらに舌をヌルッと潜り込ませ、滑《なめ》らかな内部の粘膜も味わった。

「あう……！　駄目よ、汚いのに……」

光は声を震わせ、浅く潜り込んだ舌を締め付けて悶《もだ》えながらも、新たな淫水を大量に湧き出させた。

やがて充分に舐めてから、彼は再び舌を陰戸に移動させ、新たに溢れた蜜汁をすすり、オサネを舐め回した。

「も、もう駄目……。アアーッ……」

とうとう光は喘ぎながら、力尽きたように突っ伏してしまった。

「いいわ、栗太、どいて」

弓香が言い、画帖と筆を持ってにじり寄ってきた。

栗太が光の股間から這い出して身を起こすと、弓香は、今度は光を仰向けにさせた。大股開きにして顔を寄せると、生娘の陰戸を手早く描きはじめた。

「こうなっているのね、綺麗だわ……」

弓香は言い、淫水と唾液に濡れた生娘の陰戸を見つめながら、克明に描いた。

「栗太、後ろに回って開かせて」

「はい」

弓香に命じられ、栗太はグッタリとなった光の背後に回り、半身を起こし、さらに股を開かせた。

光は力を抜いて栗太の胸に寄りかかり、ハアハアと荒い呼吸を繰り返していた。

栗太は彼女の乳臭い髪に顔を埋めて嗅ぎながら、幼児に小用でもさせるように内腿に手を当てて開かせ、そのムッチリした肌触りに興奮した。

「陰戸も開いて」

弓香に言われ、栗太は手探りで左右から光の濡れた陰唇に触れ、両の人差し指でそっと広げた。

「いいわ、そのままじっとして」

弓香は言い、開かれた内部の様子まで描き込み、さらに肛門まで描写してからようやく顔を起こした。

「じゃ、今度は栗太が脱いで。着物は開くだけでいいから、一物を見せて」

弓香は言い、新たな画帖を取り出した。まだまだ描いておきたいものは多いようだ。

栗太は帯を解き、着物の前を開き、下帯《したおび》も取り去った。そして仰向けになり、屹立《きつりつ》した肉棒を露《あら》わにした。

「見て、お光ちゃん」

弓香は、ようやく呼吸を整えて我に返りつつある光に呼びかけ、栗太の身体を見せた。

光は視線を向けたが、まだ朦朧として、それほど驚いた様子はない。

弓香は、生娘が一物を見る様子を描いた。

「いじって玩具《おもちゃ》にしていいわ」

言われて、光はそろそろと手を伸ばし、幹に触れてきた。

「どう？」

「春画より小さめだけれど、生温かくて硬いわ……。これが、入るのかしら……」

訊かれて、光は素直な感想を述べた。そして、いったん触れてしまうと度胸がついたように、ニギニギと硬度や感触を確かめるように指を動かし、好奇心を全開にしてきたようだった。

「いじりながら添い寝してみて。上から栗太の顔色を覗き込むように」

弓香が言う。まさに、好奇心いっぱいの我が儘娘が、抵抗できない無垢《むく》な奉公人に悪戯し、からかいながら反応を窺《うかが》っているような様子だ。

栗太は添い寝されながら、彼女の温もりに包まれ、手のひらの中でヒクヒクと幹を震わせた。

「舌を出して、口吸いする真似《まね》をして」

弓香が描きながら言うと、光も素直に可愛い口を開き、赤い舌をチロリと伸ばして彼の口に寄せてきた。

間近に見上げる生娘の表情は何とも可憐《かれん》で、ほんのり桃色に染まった頰に障子越しの日が射して産毛《うぶげ》が輝いていた。そして熱く湿り気ある息も、甘酸っぱい芳香を含んで彼の顔に吐きかけられ、栗太は好きなだけ嗅ぐことが出来た。

しかも弓香が描いている間は舌を伸ばしたままじっとしているから、栗太も否応《いやおう》なく彼女の表情や舌の蠢《うごめ》きを間近に観察することが出来た。

すると、下向きになったままの彼女の舌から、ツツーッと唾液の雫が糸を引いて滴ってきた。

「あん……」

「そのまま動かないで」

光はすすろうとしたが、弓香に言われて仕方なくそのままじっとした。

栗太は、生温かな雫を舌に受け、うっとりと酔いしれた。弓香にしてみれば、いっそう淫らな状況になって筆も進んでいるようだ。

「栗太も舌を伸ばして触れ合わせて。お光ちゃんは嫌だったら引っ込めてもいいけど、なるべくなら舐め合ってほしいの」

言われて栗太がそろそろと舌を伸ばすと、光も引っ込めずに舌先を触れ合わせてきた。

柔らかで滑らかな感触が栗太を酔わせ、さらに舌を伝って新たな唾液がトロトロと彼の舌を濡らしてきた。

光の息は熱く弾み、たまに舌がヌラヌラと蠢いた。

栗太は、美少女の舌触りと、唾液と吐息にすっかり高まってしまった。

「いいわ、お光ちゃん。じゃ今度は一物にも同じように舌を伸ばして」

弓香が言うと、光は舌を引っ込め、また移動していった。彼の屹立した肉棒に屈《かが》み込んで顔を寄せ、幹に指を添えながら舌を伸ばしてきた。

また弓香が、サラサラと筆を走らせる音がした。

舌は亀頭に触れていないが、熱い息が股間にかかり、しかも再び舌先から唾液の雫が先端に滴ってきた。

「いい感じよ。嫌でなかったら舐めて」

弓香が言い、光も舌先を鈴口《すずぐち》に触れさせてきた。

「ああ……」

　びりっと痺《しび》れるような快感が伝わり、栗太は思わず喘いだ。

　光は、いったん触れてしまうと平気になったように、次第にヌラヌラと亀頭全体に舌を這わせてくれた。美少女の清らかな舌が、滑らかに先端を舐め回し、さらに亀頭がパクッと含まれた。

「そのまま」

　弓香も興奮に息が弾んできたか、喘ぎを抑えるように息を詰めて言い、手早く写生を続けていた。

　栗太は、光の温かく濡れた口腔に亀頭を含まれ、夢のような快感に身悶えた。光の口の中では、弓香から見えないのにチロチロと舌が蠢いていた。まるで弓香に隠れて悪戯しているようで、栗太は美少女の唾液に温かくまみれながら絶頂を迫らせた。

「いいわ、顔を上げて」

　弓香が言うと、光もチュパッと軽やかな音を立てて口を離した。

「どうする？　入れてみる？　もちろん、お婿を取るまで無垢でいたいのならしなくていいわ」

「何だか、怖いです……」

言われて光は、ようやくためらいを見せて答えた。

「ええ、怖いなら止めておきましょうね」

弓香は優しく言い、絵筆を持って二人に近づいてきた。そして栗太に画帖と筆を持たせたのだ。

栗太は、何をさせるのだろうかと胸を高鳴らせた。

三

「私たちのすることを描いてみて……」

弓香は言い、光の顔を再び一物に屈み込ませ、何と自分も一緒になって舌を伸ばしてきたのだ。

「く……！」

彼は、美女と美少女の舌を同時に亀頭に受け、あまりの快感に呻《うめ》きながら股間を見た。

弓香が亀頭を舐め回すと、光も一緒になって舌を這わせてくれ、たちまち一物は二人分の混じり合った唾液にまみれ、股間にも二人の息が温かく籠もった。

こんな状況で描けるだろうかと不安だったが、彼は仰向けのまま左手に画帖を持ち、股間の様子を見ながら筆を走らせた。

ただでさえ絵など始めたばかりで拙《つたな》いのに、快感に包まれ、しかも仰向けで描くのだから大変だった。それでも肉棒と、それに顔を寄せる二人の位置、鼻や目の向きや舌の感じなどを中心に素描《そびょう》した。

すると弓香が喉の奥までスッポリ呑み込み、頬をすぼめて吸いながらすぽんと引き離すと、続けて光も同じようにしてきたのだ。

二人の口腔は、温もりも感触も微妙に異なり、栗太は次第に危うくなってきた。

さらに弓香が、緊張と興奮に縮こまったふぐりにしゃぶり付くと、光も頬を寄せ合って舌を這わせてきた。

「あうう……」

栗太は、じっとしていられない快感に呻き、とうとう画帖を置いてしまった。

「ゆ、弓香先生……。もう描けません……」

降参するように言ったが、弓香は答えず、再びふぐりから肉棒を舐め上げ、激しくしゃぶり付いてきた。光も、すっかり弓香に操《あやつ》られるように従い、一物は交互に二人の口に含まれて吸われ、舌に翻弄《ほんろう》され続けた。

「い、いく……。アアッ……！」

とうとう栗太は、溶けてしまいそうな絶頂の快感に全身を貫かれ、口走りながら昇り詰めてしまった。

同時に、熱い大量の精汁がドクンドクンと勢いよくほとばしり、ちょうど含んでいた光の喉の奥を直撃した。

「く……、んん……！」

「大丈夫。呑んでも毒じゃないわ」

弓香が囁《ささや》くと、光は第一撃を含んだまま口を離し、息を詰めてゴクリと飲み込んだ。

すると弓香がすかさず亀頭を含み、余りの精汁を吸い出してくれたから、栗太も快感が途切れることなく、心おきなく最後の一滴まで出し尽くすことが出来た。

彼が硬直を解き、グッタリと身を投げ出すと、弓香と光は再び代わる代わる先端を舐め回し、最後まで綺麗にしてくれた。

その刺激に、射精直後で過敏になった亀頭がヒクヒクと震え、栗太は腰をよじりながら余韻を味わった。

弓香もようやく顔を上げ、彼が描いた絵を見て頷き、画帖と筆を遠ざけた。そして弓香も帯を解いて着物を脱ぎはじめたのだ。どうやら仕事はこれで終え、今度は自分も戯《たわむ》れに専念したいようだった。

床を敷き延べ、やがて弓香は全裸になると、光の乱れた着物も脱がせてしまい、女二人で並んで横になった。

「栗太、私にもして……」

弓香が、光を胸に抱いて言うと、栗太は射精したばかりというのにたちまち淫気を甦《よみがえ》らせて、まずは弓香の足先に顔を屈み込ませていった。

美女の足裏に顔を埋め、指の股に鼻を埋め込むと、やはり蒸れた匂いが籠もっていた。

歩き回っている光ほどではないが、栗太は美女の足の匂いに刺激され、すぐにもムクムクと回復していった。

そして両の爪先をしゃぶり、全ての指の股に舌を割り込ませて味わってから、彼は腹這いになって脚の内側を舐め、白くムッチリとした内腿の間に顔を進めていった。

陰戸に迫ると、黒々とした茂みの下の方は、湧き出す淫水に濡れ、はみ出した陰唇も興奮に濃く色づいていた。

恥毛に鼻を埋め込むと、汗とゆばりの混じった芳香が、蒸れた熱気や湿り気とともに彼の鼻腔を掻き回してきた。やはり幼い光と違い、大人の女の体臭という感じで、それはふっくらと優しく胸を満たした。

栗太は、すっかり馴染《なじ》んだ弓香の匂いを貪り、舌を這わせて襞の入り組む膣口からオサネまでを執拗《しつよう》に舐め回した。もちろん脚を浮かせて、白く豊満な尻の谷間にも鼻を埋め込み、秘めやかな匂いを嗅いでから舌を這わせ、ヌルッとした肛門内部の粘膜も念入りに味わった。

そして再び陰戸に舌を戻し、すっかり色づいて光沢を増したオサネに吸い付いた。

「あぁッ……！」

弓香は熱く喘ぎながら、光の顔を胸に抱きすくめた。光も嫌ではないらしく、弓香の乳首を突き出されるままそっと含み、甘えるように吸い付きはじめているではないか。

栗太は執拗に弓香のオサネを吸い、舌で弾くように舐めては、新たに湧き出したヌメリをすすった。

隣にいる光の股間にも移動し、柔らかな若草に籠もった美少女の体臭を嗅ぎ、ネットリとした蜜汁をすすりながらオサネを舐めた。

「ああ……。き、気持ちいい……」

光は弓香の胸にしがみつきながら、可憐な声で喘ぎ、内股でキュッキュッと栗太の顔を締め付けた。

さらに這い上がり、愛らしい臍《へそ》を舐め、生娘の硬い乳房にも顔を埋め、桜色の乳首を吸った。弓香に叱《しか》られたら止めようと思って行動範囲を広げていったが、弓香は何も言わなかった。

栗太は美少女の左右の乳首を吸い、腋《わき》の下にも顔を埋め込み、和毛《にこげ》に鼻をくすぐられながら甘ったるい体臭を嗅ぎまくった。そして弓香の胸にも移動し、ほんのり光の唾液の匂いのする乳首を吸った。

「アア……、我慢できない……」

弓香が顔を仰け反《のぞ》らせて喘ぎ、胸元や腋の下から何とも甘ったるい芳香を漂わせて悶えた。そして彼女は身を起こし、再び栗太を仰向けにさせた。

すでに彼自身は完全に元の大きさに戻っていた。弓香は一物に跨り、茶臼《ちゃうす》（女上位）で先端を陰戸に受け入れていった。

その様子を、光が息を詰めて覗き込んでいた。

たちまち、ヌルヌルッと心地よい肉襞の摩擦とともに、一物は女陰に深々と呑み込まれていった。

「アアーッ……！」

弓香が顔を仰け反らせて喘ぎ、完全に座り込んで股間を密着させた。

「本当に、入ったわ……。あんなに太いものが……」

光が目を輝かせ、吐息混じりに呟いた。

栗太も、熱く濡れた肉壺に包まれ、きつく締め付けられながら快感を嚙みしめた。

毎夜のように情交している、唯一の相手であるが、傍《かたわ》らに光の無垢な眼差《まなざ》しがあると実に新鮮だった。

しかし二人の口に出したばかりだから、暴発の心配はなく、いつになく彼も快感を冷静に味わうことが出来た。

「アア……。す、すぐいく……」

弓香は彼の胸に両手を突いて上体を反らせ、股間で円を描くようにグリグリと陰戸をこすりつけてきた。さらに厠にしゃがみ込むようにして両膝を立て、激しく股間を上下させたのだ。

大量に溢れる淫水が動きを滑らかにさせて、栗太のふぐりや内腿まで生温かく濡らし、ピチャクチャと卑猥《ひわい》に湿った音が響いた。

「い、いっちゃう……。ああーッ……！」

たちまち弓香は声を上ずらせ、ガクンガクンと狂おしい痙攣《けいれん》を開始した。その勢いに、栗太も巻き込まれそうになったが辛《かろ》うじて耐えた。何しろ射精したばかりで、ここでまた続けていくのが勿体《もったい》ない気がしたのである。

彼女は膣内を激しく収縮させながら、やがて肌の強ばりを解いてグッタリと彼にもたれかかってきた。そして荒い呼吸を繰り返し、断続的にビクッと熟れ肌を波打たせた。

締まりが良いので、やがてヌメリとともに一物がヌルッと押し出され、それで支えを失ったように、弓香はゴロリと横になっていった。

一物は、まだ天を衝《つ》いたまま、弓香の蜜汁を宿して妖《あや》しい光沢を放っていた。

「そんなに良いのなら、私も少しだけ……」

光が、恐る恐る言って、許可を求めるように弓香を見下ろした。

「いいわ、してごらんなさい。私がしたように……」

精根尽き果てたように弓香が横たわったまま言うと、栗太は自分の意思が無視され、女たちの快楽の道具にされているような興奮を得た。

光が半身を起こし、そろそろと彼の股間に跨ってきた。

そして弓香の淫水に濡れた幹に指を添え、先端を無垢な陰戸に押し当て、光は息を詰めてゆっくりと腰を沈み込ませた。

栗太は、弓香の中で果てなかったことを喜び、生まれて初めての生娘を体験した。

張り詰めた亀頭が無垢な膣口を丸く押し広げ、ずぶっと潜り込んでいった。

「あう……！」

光が眉をひそめて呻き、それでも自分の重みでヌルヌルッと受け入れてしまった。

「く……」

栗太は、弓香以上にきつく狭い肉壺に根元まで呑み込まれ、股間に美少女の重みと温もりを感じながら快感を嚙みしめた。

「そのままでいて……」

すると弓香が言い、まだ呼吸も整わないのに全裸のまま身を起こし、画帖に向かって絵筆を執《と》ったのだった。

四

「い、痛いわ……。でも、奥が熱くて変な感じ……」

光が上体を起こし、顔を仰け反らせたまま感想を述べた。じっとしていても、初体験をしたばかりの膣内は、キュッキュッと味わうように肉棒を締め付け、奥からはドクドクと熱い躍動を伝えてきた。

栗太は仰向けのまま、初物の感触と感激を味わっていた。

そんな様子を、弓香が手早く画帖に写し取っていた。

元武家で、まだ絵師としては駆け出しなのに、弓香の春画への情熱は異常なほど激しいものだった。

やがて光が、上体を起こしていられなくなり、ゆっくりと栗太に身を重ねてきた。

弓香は、その構図も描き、ようやく画帖を置いた。そして自分も再び横から肌を密着させてきた。

栗太は、上の光と横の弓香の両方を抱きすくめ、様子を探るように少しずつズンズンと股間を突き上げはじめた。

「あうう……」

光が呻き、激しく栗太にしがみついてきた。

「もっと力を抜いて。早く慣れれば、うんと気持ち良くなれるわ……」

脇から弓香が囁き、光の汗ばんだ背中や尻を撫《な》でてやった。

確かに膣内は狭いが、何しろ潤いが充分すぎるので、律動は次第にヌラヌラと滑らかになっていった。

すると弓香が栗太に唇を重ね、舌をからめてきた。

栗太は光も抱き寄せ、いつしか三人で舌を舐め合った。三人が鼻を突き合わせていると狭い内部の空間に美女と美少女の熱い息が籠もり、甘酸っぱい芳香が満ちた。栗太は顔中を湿らせながら、次第に動きを速めていった。

「ンンッ……」

光も少しずつ腰を使いはじめ、熱く可愛らしい匂いの息を弾ませ、栗太の舌のみならず同性の舌も構わず舐め回した。

栗太は、混じり合った息で鼻腔を満たし、二人分の唾液をすすりながらうっとりと喉を潤し、とうとう絶頂を迫らせていった。

「く……！」

たちまち大きな快感のうねりに巻き込まれ、彼は呻きながら絶頂に達してしまった。

同時に、ありったけの熱い精汁がドクドクと勢いよく噴出し、栗太は顔中を美女と美少女のかぐわしい口にこすりつけ、唾液と吐息に悩ましく包まれながら心おきなく快感を味わった。

そして弓香も光も、彼が硬直を解くまで、ヌラヌラと顔中に舌を這わせてくれたのだった。栗太は、何とも贅沢《ぜいたく》な快感をとことん貪り、ようやく最後の一滴まで出し尽くし、力を抜いていった。

彼は光の重みを受け止め、二人の匂いに包まれながら、うっとりと快感の余韻を味わった。光は、まだ快感には程遠いかも知れないが、まずは痛みを乗り越えるのが先決なのだろう。

やがて栗太が呼吸を整えると、光も力を抜いて身体を預けていたが、やはり締まりの良さとヌメリで一物が押し出され、ヌルッと抜け落ちてしまった。

光がゆっくりと彼の横に添い寝すると、弓香が身を起こし、彼女の両膝を全開にして覗き込んだ。

「少しの間、じっとしていて……」

弓香はまだ仕事を忘れずに言い、画帖と筆を手に、初の情交を終えたばかりの陰戸を描き始めた。栗太も起き上がり、一緒になって覗き込んだ。

美少女の陰唇は痛々しくめくれ、膣口は小さく開いたままになっていた。逆流する白濁《はくだく》した精汁に混じり、うっすらと血の糸が走っていたが、破瓜《はか》の出血は実に少量で済んだようだ。

もう十七で肉体も成熟しているし、好奇心旺盛な光は、淫水の量も多かったのだ。この分なら、すぐにも挿入快感に目覚めることだろう。

描き終えると、弓香は片付けに入り、栗太は懐紙《かいし》で手早く一物を拭《ぬぐ》い、光の陰戸も優しく拭き清めてやった。

「栗太。お光ちゃんを井戸端へ」

「はい」

描いた絵の整理をしながら弓香が言うと、栗太は光を支えて立ち上がり、裏の井戸へと連れて行った。そして水を汲《く》み、陰戸を洗ってやり、濡らした手拭いで身体を拭いてやった。

「大丈夫？」

「ええ……。大好きな弓香先生の前だから、安心だったわ……」

栗太が心配そうに訊くと、光は笑顔で答えた。後悔していない様子なので安心したが、彼が思う以上に、この美少女はあっけらかんとして何事にも物怖じせず、しっかりして芯《しん》も強いのだろう。

「それより、栗太さんと弓香先生は、そういう仲だったのね……」

光も、今日の弓香と栗太の様子を見て、日頃からの情交も察したようだった。

ただ彼女の家の山水堂をはじめとする世間では、やはり弓香は元武家であり、同居しているとはいえ彼女は栗太を使用人の小僧としか思わず、とても男女の関係などないと信じ込んでいるらしい。

「いや、私はあくまで弓香先生の絵の手伝いにすぎないです」

栗太は答え、自分も手早く股間を洗い、やがて二人は身体を拭いて座敷へ戻った。

「どうもありがとう。またお小遣いが欲しくなったら、お願いするわ」

「はい、こちらこそ」

弓香が言うと光は答え、身繕《みづくろ》いをして帰っていった。

日も傾いてきたので栗太は夕餉《ゆうげ》の仕度にかかり、弓香は暗くなる頃まで、今日描いた絵を清書し、少しでも筆を進めておいたのだった。

五

「お光ちゃんとして、気持ちよかった……？」

寝床で、弓香が怖い目で栗太を見つめて囁いた。もう夕餉も済み、日が落ちて二人は全裸で床をともにしていたのだ。

昼間あれだけ濃厚な行為をしたのに、夜はまた別らしい。

「ええ……。でも私は弓香先生がこの世で一番……」

「嘘。やはり若い娘の方が良いのでしょう。私の中でいかず、お光の中で喜んで果てたのだから。悔《くや》しい……」

弓香は、歯嚙《はが》みするように言い、栗太の頰を思い切りつねってきた。

「い、いたたた……。先生、堪忍《かんにん》……」

栗太は美女に与えられる痛みの中で身悶え、哀願した。

もちろん弓香は、良い絵が描けたことを悦《よろこ》び、今は妬心《としん》に乗じて猛烈な淫気を湧き上がらせているのである。

そして上から重なり、激しく唇を重ねてきた。

炎のように熱い息吹を弾ませ、貪るように舌をからめ、ことさらに大量の唾液を注ぎ込んでは、彼が嚥下《えんか》する音を聞いていた。

さらに彼女は栗太の唇に歯を立て、嚙みしめるようにモグモグと動かした。それでも、血が出るほど嚙むことはせず、甘美な痛みと快感に興奮を高めた。彼はこの妖しく美しい元武家女に、少しずつ食べられているような錯覚に陥《おちい》り、昼間以上に一物は硬く雄々《おお》しく勃起した。

弓香は充分に彼の口を吸うと、さらに頰から耳朶《みみたぶ》までも甘く嚙み、首筋から乳首へ這い下りていった。

彼女は熱い息で肌をくすぐり、左右の乳首を舐め回し、吸い付いてから、コリコリと嚙みしめてきた。

「ああッ……」

徐々に力を込められ、とうとう彼は声を洩らし、クネクネと身悶えた。さらに弓香は彼の脇腹の肉を口いっぱいに頰張り、普段は着物で見えない場所だからと、容赦《ようしゃ》ない力を込めて嚙んだ。

「あうう……。先生、どうか、もう……」

甘美な快感を遥かに超えた激痛に、栗太は降参して悶えた。しかし弓香は、くっきりと歯型が印されるまで口を離さず、さらに下腹や内腿にも血が滲むほど強烈な力を込めて綺麗な歯を食い込ませた。

「嬉しい？」

「痛いです……」

「でも、萎《な》えないから嬉しいのね」

弓香が言い、やんわりと幹を握ってきた。確かにどんなに痛がっても一物が萎えることはなかった。栗太は弓香に拾ってもらった恩義があり尊敬もしているから、彼女の喜びが、そのまま自分の幸福なのだった。

「でも、どうか、そこだけは嚙まないで下さいませ……」

「さあ、どうしようかしら。これが傷ついたら、困るのは私だけれど、他の若い男を見つければ良いだけだし」

弓香はからかうように言いながら、微妙な指の動きで愛撫を続け、やがて顔を寄せていった。

先端にチロチロと舌が這い、さらにしゃぶられると、張り詰めた亀頭が温かな唾液にまみれて震えた。

「これが、お光の初物を奪ったのね。悪い子だわ。嚙み切ってしまいましょうか」

弓香はからかうように言いながら、ふぐりを包み込んで指先で付け根を揉《も》み、とうとう亀頭に軽く歯を当ててきた。

「アア……。ど、どうかご勘弁を……」

栗太は、不安と興奮に腰をくねらせて喘いだ。

傷つくほど嚙むはずはないと思いつつ、弓香になら何をされても構わないし、死ねと言われれば簡単に死ねる気さえした。

結局、彼女は軽く歯を当てただけで離し、あとは唇と舌の愛撫に切り替えてくれた。

喉の奥まで呑み込み、クチュクチュと激しく舌をからめながら、上気した頬をすぼめて吸い付き、ふぐりから肛門まで念入りに舐めてくれた。

「ああッ……、弓香先生……」

栗太は、元武家女に肛門まで舐められ、畏《おそ》れ多い快感に喘いだ。

やがて彼女は、栗太の前も後ろも充分に味わい尽くしてから、ようやく元の位置に戻って添い寝してきた。

そして彼に腕枕をし、豊かな乳房を顔に押しつけてきたのだ。

栗太は色づいた乳首を含み、噎《む》せ返るような甘い体臭に包まれながら舌で転がした。

「ああ……、いい気持ち……」

弓香は顔を仰け反らせて喘ぎ、左右の乳首を交互に突き出してきた。

栗太は両方とも充分に吸い、柔らかな膨らみに顔中を押しつけた。

「噛んで、栗太も……」

彼女が喘ぎながら言うと、栗太はそっと前歯で乳首を挟んだ。

「アア……、もっと強く……」

弓香は次第に声を上ずらせ、うねうねと熟れ肌を悶えさせた。

栗太もコリコリと小刻みに噛みしめるように前歯を動かし、その間も舌先で弾くように乳首を舐め回していた。

「あう……、もっと強く。噛み切ってもいいから……」

「これ以上は、力が入れられません……」

せがまれても、弓香を傷つけるわけにいかないので、栗太は答えながら脇腹か

った。

弓香は彼の顔を下腹に押さえつけ、栗太も精一杯口を開いて下腹の柔肉を頬張った。

「そこも嚙むのよ……。私がいいと言うまで……」

ら腹へと舐め下りていった。

彼女も次第に夢中になって身悶え、栗太も、少々歯型がついても着物で見えないだろうと、熟れ肉をきつく嚙みしめた。

「ああッ……、気持ちいい……。もっと強く……」

被虐《ひぎゃく》の快感は相当に弓香を夢中にさせたようで、さらに彼に、内腿を嚙ませ、うつ伏せになって尻にも歯を食い込ませるよう命じた。

脂の乗った熟れ肌の弾力は、嚙んでいる方も何とも心地よく、栗太はいけないと思いつつ、弓香の白く丸い尻に歯型を印してしまった。そして双丘に顔を埋め、可憐な蕾に籠もった匂いを嗅ぎ、舌を這わせて内部にもヌルッと押し込んだ。

「アア……、ここも……」

やがて弓香は言い、自らゴロリと仰向けになって大股開きになった。栗太もその中心に顔を埋め込み、悩ましい体臭を嗅ぎながら、大量に溢れた淫水をすすり、膣口とオサネを舐め回した。

「噛んで……」

また彼女が言い、栗太は上の歯で包皮を剝《む》き、完全に露出した突起を前歯で挟み、コリコリと軽く刺激した。

「あうう……。それ、いい……」

弓香が身を弓なりに反り返らせて喘ぎ、確かに感じているように、白っぽく濁《にご》った淫水も漏らしはじめた。それをすすり、栗太は指まで膣口に押し込み、天井をこすりながら濃厚な愛撫を続けた。

「お尻にも、指を……」

すると、弓香はさらに貪欲《どんよく》に求めてきた。

栗太はオサネに吸い付き、右手の指を膣内に入れながら、さらに左手の人差し指を舐めて濡らし、そっと肛門に押し当てて潜り込ませていった。

最初は少し抵抗があったが、方向が定まると、指はズブズブと深く呑み込まれた。

「く……、変な気持ち……。もっと深く入れて……」

弓香がせがみ、栗太は根元まで肛門に指を押し込み、内部で蠢かせた。膣との間のお肉は案外薄く、肛門内部の指の蠢きが、膣内まで伝わってきた。

やがて彼はオサネを吸い、舌先で弾きながら、肛門に入った指を出し入れさせるように動かし、膣内の指では天井を強くこすった。

「アアッ……！　気持ちいい。すぐいきそう……」

弓香が狂おしく身悶えて口走り、粗相《そそう》したかと思えるほど大量の淫水を漏らし、股間をビショビショにさせてきた。

「い、入れて、栗太……。早く……！」

たちまち絶頂を迫らせ、弓香は彼の指と舌で気を遣《や》ってしまう前に声を震わせてせがんだ。彼も前後の穴からヌルッと指を引き抜き、身を起こして股間を進めていった。

屹立した肉棒に指を添え、張り詰めた亀頭をワレメにこすりつけてヌメリを与えてから位置を定め、彼はゆっくりと貫いた。

「ああーッ……！」

深々と受け入れ、弓香が顔を仰け反らせて喘いだ。

栗太も、肉襞の摩擦と吸い付くような粘膜に包まれ、股間を密着させて快感を嚙みしめた。しばし温もりと感触を味わってから、股間を前後させ、やがて身を重ねていった。

「アア……、気持ちいい……」

弓香が薄目で彼を見上げて喘ぎ、両手で抱きすくめてきた。

栗太は熟れ肌に身を預け、キュッキュッと締め付けられながら小刻みな律動を続け、じわじわと高まっていった。

「お、お光より好きと言って……」

弓香が、熱く甘い息を弾ませて言った。自分が三人での戯れを仕向けたくせに、やはり弓香は光の若い肌に嫉妬《しっと》しているのだろう。

「好きに決まってるじゃないですか。私にとって、弓香先生がこの世で一番大切な方なのですから」

栗太は動きながら言い、大量に溢れる淫水のヌメリに陶然となった。

「あぁッ……、もっと突いて。奥まで強く……！」

弓香が、すでに何度か絶頂の波を起こしながらせがんだ。

栗太も股間をぶつけるように動き、湿った摩擦音を繰り返すと、弓香は下から彼の唇を求め、激しく舌に吸い付いてきた。

「ンンッ……！」

たちまち彼女は熱く鼻を鳴らして反り返り、小柄な彼を乗せたままガクガクと狂おしく腰を跳ね上げた。

どうやら本格的に気を遣ってしまったらしい。栗太も艶めかしい膣内の収縮に巻き込まれ、続いて昇り詰めた。

「アア……！」

口を離して、彼も突き上がる快感に喘ぎ、熱い大量の精汁を放った。

「あうう……、もっと出して……！」

噴出を受け止め、駄目押しの快感を得た弓香が口走り、飲み込むように膣内の締め付けを強めた。

栗太は心おきなく最後の一滴まで出し尽くし、すっかり満足して身体を預けていった。

光の若い肉体も魅力的だったし、三人での行為も実に刺激的だったが、やはり秘め事とはこのように二人きりで行うのが最高なのだと思った。

「ああ……、良かった……。溶けてしまいそう……」

弓香も荒い呼吸とともに呟き、熟れ肌の硬直を解きながら、グッタリと身を投げ出していった。

栗太は熱く息づく肌に身を委ね、湿り気ある甘酸っぱい吐息を間近に嗅ぎながら、うっとりと快感の余韻を味わった。まだ膣内はキュッキュッと味わうように、名残惜《なごりお》しげな収縮を繰り返していた。その艶めかしい刺激に、射精直後で過敏になった亀頭がヒクヒクと反応した。

「でも、三人も良かったわ……。あのお光を、どんどん感じる身体にしていきたい……」

弓香が、彼を乗せたまま言った。

どうも若さへの嫉妬とともに、無垢な美少女を自分のような貪欲に快楽を貪る女へと育てたいのだろう。もちろん春画の仕事に役立つということも大きいだろうが、それ以上に弓香は、実に奇妙な心理だが、栗太同様、光への執着も芽生えさせはじめているようだった。

ようやく呼吸を整えると、栗太はそろそろと股間を引き離した。やはり、いつまでも乗っているのが申し訳ないのだ。

彼はどんなに彼女と情交しようとも、弓香を元武家の女という畏れ多いものとして、心の距離を保っていたかった。単に馴《な》れ合いの男と女になるよりも、その方が興奮と快感が高まるのである。

栗太は懐紙で弓香の陰戸を拭き清め、自分の股間も始末しようとした。すると弓香が半身を起こし、二人の体液にまみれた一物に屈み込んできた。

「ああ……」

貪るようにしゃぶられ、栗太は声を洩らした。弓香は丁寧に舌を這わせ、淫水と精汁のヌメリをすすり、彼の股間に熱い息を籠もらせた。

どうやら、まだまだ彼女は満足していないようだ。

喉の奥まで呑み込み、頬をすぼめて吸いながらスポンと引き抜き、さらにふぐりをしゃぶって睾丸《こうがん》を転がし、肛門にまで舌を挿《さ》し入れてきた。

「ああ……。ゆ、弓香先生……」

栗太は快感に腰をくねらせて喘ぎ、ムクムクと回復していった。

すると弓香は、彼の前も後ろも充分に舐めてから顔を上げ、また茶臼で交接してきたのである。

やはり仕上げは、彼女が上になり、栗太を組み伏せて絶頂を得たいのだろう。

やがて一つになり、栗太はまだまだ休むことは出来ないが、幸福な快感に包まれたのだった……。

第三章　みだれ恋時雨《こいしぐれ》

一

「栗太さん、悪いわね。重いでしょう」

登志《とし》が言い、栗太を気遣《きづか》って傘を差し掛けてくれた。

「いいえ、大丈夫です。お役に立てて嬉《うれ》しいです」

栗太も答え、画材の入った荷を抱えて彼女と並んで歩いた。彼が弓香の使いで山水堂へ買い物に行くと、ちょうど女将《おかみ》の登志が配達に出るところで、小雨が降ってきたので荷を持ってやったのだった。

登志は三十八歳、つい先日、栗太が初物を頂いてしまった光の母親である。

「本当に、栗太さんは真面目で礼儀正しいわ」

「いいえ、そんなことないです……」

栗太は、ほんのり甘い香りを感じるたびに、頬を熱くして答えた。

十七歳の光と、深い仲になってしまったことへの後ろめたさもあるが、熟れた新造《しんぞ》と同じ傘の中で接近しているから、どうにも緊張してしまうのだった。

登志は透けるように色白で豊満、赤い唇からお歯黒の歯並びが覗《のぞ》き、歯茎と舌の桃色が艶《なま》めかしく強調された。

家付きのお嬢様育ちで、亭主は元手代を婿養子《むこようし》に入れたと聞いている。

甘い匂いは、登志の体臭だろうか、それとも汗の匂いだろうか。あるいはお化粧の匂いと吐息の混じったものか、とにかく主人の弓香や、美少女の光とは違う種類の匂いに、栗太は胸を高鳴らせながら歩いた。

「ちょっと、だいぶ降りが激しくなってきたわね。通り雨だとは思うけれど」

登志が、空を見上げるような仕草をして言った。

確かに、さっきまでの小雨が激しくなり、遠くの家々が煙って霞《かす》むようだった。傘や軒下を叩く雨音も強く、傘もなく急ぎ足になる人をたまに見るばかりで、やがて通りは人が絶えてしまった。

「ね、栗太さん。そこへ入って少し休みましょうね。じきに止《や》むと思うので」

「はい……」

登志に言われ、栗太は答えながら裏路地へと入り込み、彼女に導かれるまま一軒の店に入っていった。傘を畳んで中に入り、手拭《てぬぐ》いで袖《そで》を拭いていると、初老の仲居が出てきて二人を二階に案内してくれた。

（え……？　どういう店……？）

はじめて、栗太は室内の様子に目を丸くしていた。

仲居は、茶だけ運んで出てゆき、二度と注文は取りに来ない。座敷には床が敷き延べられ、枕が二つ並んでいるではないか。

「こ、ここは……？」

「待合《まちあい》よ。さあ、半刻（約一時間）ほどは雨も止まないでしょうから、濡れたものをお脱ぎ」

登志が言い、先に自分から帯を解きはじめ、ためらいなく着物を脱いでいった。

栗太も恐る恐る帯を解き、着物を脱ぎはじめたが、どうにも妖《あや》しい雰囲気で一物《いちもつ》が勃起してきてしまった。

「弓香さんと一緒に暮らして、深い仲にはなっているの？」

「い、いえ……」

いきなり言われて、栗太は俯《うつむ》きながら答えた。

「そう。やはりお武家の出だからねえ、身持ちはしっかりしているのね。でも栗太さんは若いから、触れたいと思うでしょうに。まして、あんなに綺麗な絵師と同じ屋根の下で寝起きしているのだから」

登志が、襦袢《ジュバン》まで脱いで衣紋《えもん》掛けに掛け、白く豊かな乳房を露《あら》わにして言った。

「いいえ、本当に何も……。たまに肩をお揉《も》みするぐらいで……」

「じゃ、まだ本当に無垢《むく》なの？」

「はい……」

栗太は、嘘をついて頷《うなず》いた。もう弓香ばかりでなく、光とも情交していると知ったら、登志はどんな顔をすることだろう。

登志は、弓香が男名義で春画を生業《なりわい》としていることを知らない。知っているのは家まで配達に来ている光だけで、弓香もたまに扇子絵などを描くことがあるから、登志は弓香を真面目な絵師と思っているのだった。

とにかく登志は腰巻まで脱ぎ去り、一糸《いっし》まとわぬ姿になると、まだ脱いでいる途中の彼の下帯《したおび》をもどかしげに解いて全裸にし、手を引いて一緒に布団に横たわった。

「ああ、可愛い……」

登志は彼に腕枕するときつく抱きすくめ、感極まったように言った。

栗太は見事な膨《ふく》らみを持つ乳房に顔中が埋まり込み、心地よい窒息感に包まれながらじっとしていた。間からそろそろと呼吸すると、乳に似た甘ったるい汗の匂いが胸元や腋《わき》から悩ましく漂ってきた。

「吸って……」

登志は、焦《じ》れったそうに身《み》悶《もだ》えながら囁《ささや》くと、濃く色づいた乳首を彼の唇に押しつけてきた。

栗太も含んで吸い付き、舌で転がした。すると彼女が栗太の手を握り、もう片方の膨らみに導き、手を重ねてグイグイと押しつけた。

「ああ……、いい気持ち。もっと強く……」

登志は熱く喘《あえ》ぎ、顔を仰《の》け反《ぞ》らせて熟れ肌を弾ませた。そして仰向けになり、彼を上にさせた。

「好きなようにしていいわ。淫気は溜まっているでしょう？　してほしいことがあったら言うのよ。何でもしてあげるから……」

登志は熱っぽい眼差《まなざ》しで彼を見上げながら、息を荒らげて忙《せわ》しげに言った。

栗太は、遠慮がちに左右の乳首を交互に吸い、柔らかな膨らみに顔中を押しつけて舐め回した。

「アア……。もっと、いろいろして……」

登志は、相当に欲求が溜まっていたのだろう。どこに触れても敏感に反応し、熟れた体臭を立ち昇らせて悶えた。

さらに栗太は、彼女の腋の下にも顔を埋《うず》め込み、柔らかな腋毛に鼻をこすりつけ、甘ったるい汗の匂いで胸を満たした。

「ああ……、恥ずかしいわ……。女の匂いが珍しいのね。でも汗臭いでしょう……」

「ううん、とってもいい匂い……」

栗太は答え、そのまま首筋を舐め上げて、唇を求めていった。

彼女も栗太を抱きすくめ、ぽってりとした肉厚の唇を密着させ、すぐにもヌルリと舌を潜り込ませてきた。

「ンンッ……！」

登志は熱く鼻を鳴らし、白粉《おしろい》に似た甘い匂いの息を弾ませながら、荒々しく上になってきた。もうどうにも堪《たま》らず、無垢と思い込んでいる若い男を貪《むさぼ》りたいようだった。

栗太は、口移しに注がれる生温かな唾液でうっとりと喉を潤《うるお》し、今にも暴発しそうなほど高まってしまった。

彼女は執拗《しつよう》に舌をからめてから、ようやく口を離し、彼の耳朶《みみたぶ》を嚙み、首筋を舐め下りていった。

「ああ……」

首筋も激しく感じ、栗太は思わず声を洩らしビクリと肩をすくめて反応した。

「感じやすいのね。無垢ならば無理もないわ。それにしても、女の子のように綺麗な肌。武家の女には、若い男の良さなんか分からないのね……」

登志は熱い息で肌をくすぐるように囁きながら、彼の乳首に吸い付いてきた。

あるいは、登志は若い男に目がなく、それでこの待合の場所も知っていたのではないだろうか。いや、婿にした旦那《だんな》もだいぶ年下のようだから、自分の店の奉公人に悪戯《いたずら》したのが切っ掛けなのかも知れない。

乳首を舐められ、登志が軽く歯を立てると、栗太はまたビクッと肌を震わせた。

「痛い？」

「いえ、もっと強く……」

「そう、いい子ね」

登志は熱っぽい目で彼を見下ろして囁き、さらに両の乳首を強く嚙んでくれた。

「アア……、気持ちいい……」

栗太は甘美な痛みに身悶え、勃起した肉棒を震わせた。

彼女は肌を舐め下り、やがて栗太の股間に熱い息を籠もらせ、そっと幹に指を添えて一物に視線を注いだ。

「大きいわ。嬉しい、こんなに硬くなって……」

登志は愛《いと》しげに幹を撫《な》で回しながら囁き、舌を伸ばしてチロリと鈴口《すずぐち》から滲《にじ》む雫《しずく》を舐め取った。

「あう……」

「気持ちいいでしょう。構わないから、私の口に出しちゃいなさい。どうせ若いのだから続けて出来るでしょう。全部飲んであげる」

登志が言い、その言葉だけで栗太は危うく漏らしそうになってしまった。

彼女は再び先端を舐め回し、幹を舐め下り、緊張と興奮に縮こまったふぐりにまでしゃぶり付いた。

「く……」

二つの睾丸《こうがん》を舌で転がされ、袋を吸われた栗太は思わず呻《うめ》いて腰を浮かせた。

登志はさらに彼の脚を浮かせ、肛門までチロチロと舐めてくれた。

快感に身悶えながら栗太は、さっき湯屋に寄っておいて良かったと思った。

彼女は充分に舐めて濡らすと、ヌルッと舌先を肛門に押し込んで蠢《うごめ》かせた。

「ああッ……！」

栗太は浮かせた脚を震わせ、美女の舌を締め付けながら喘いだ。

肛門から熱い息が吹き込まれるような快感に、まるで内側から操《あやつ》られたように一物が上下した。

そして彼女は舌を引き抜くと、彼の脚を下ろしながら再び肉棒にしゃぶり付いてきたのだ。スッポリと喉の奥まで呑み込み、温かく濡れた口の中で舌がからみついた。

たちまち快感の中心は美女の温かな唾液にまみれ、さらに登志が顔を上下させ、スポスポと強烈な摩擦を開始すると、もう限界に達してしまった。

二

「い、いく……。ああーッ……！」

栗太は、まるで美女のかぐわしい口に全身が包まれているような快感の中、絶頂に喘ぎながら熱い精汁をほとばしらせた。

「ンン……」

登志は喉の奥を直撃されながらも吸引と舌の蠢きを続け、熱く鼻を鳴らしながら噴出を受け止めてくれた。出すというより、登志の意志と吸引で一滴余さず吸い取られる感じである。

栗太は出し切って腰をよじり、ようやく彼女も吸引を止め、肉棒を含んだまま口に溜まったものをゴクリと飲み干した。嚥下《えんか》されると口腔《こうこう》が締まり、彼は駄目押しの快感が得られた。

「いっぱい出たわ。濃くて美味《おい》しかった……」

口を離した登志が言い、濡れた唇を淫らに舐めながら再び添い寝してきた。

好きにして良いと言いながら、先に彼女が好きにしてしまったのだ。

栗太は甘えるように豊かな胸に顔を埋め、甘ったるい体臭を嗅《か》ぎながら、うっとりと快感の余韻に浸り込んだ。

もちろん一度の射精で気が済むはずもなく、一物は萎《な》える暇もなく屹立《きつりつ》していた。その若さは、登志の思惑通りであった。

彼はそろそろと熟れ肌を舐め下り、身を起こして美女の肉体の探訪をはじめた。

登志は、今度こそ受け身になってくれ、四肢を投げ出していた。

栗太は柔らかな美女の腹に顔を埋め、臍《へそ》を舐め、下腹から腰、ムッチリと量感ある太腿へと舌で降りていった。

脚を舐めると、実に滑《なめ》らかな舌触りで、適度な肉づきも良くて思わず嚙みつきたい衝動にさえ駆られた。

そして栗太は登志の足裏に顔を埋め、舌を這わせながら指の股に鼻を割り込ませた。そこは汗と脂《あぶら》に湿り、蒸《む》れた芳香が濃く籠もり、その刺激だけで彼は今すぐにでも射精できそうに回復していった。

「アア……、そんなところも舐めたいの……？」

爪先にしゃぶり付くと、登志が息を弾ませて言った。もちろん拒《こば》むことはせず、たまにくすぐったそうにビクリと足を震わせるだけだった。

彼はもう片方の足も念入りに舐め、味と匂いが薄れるまで貪った。

やがて脚の内側を舐め上げながら腹這いになり、顔を陰戸《ほと》へ進ませていくと、

「ああ……」

登志も両膝を全開にしてくれ、期待に熱く喘いだ。

白く滑らかな内腿を舐め、中心部に鼻先を迫らせると、股間に籠もった熱気と湿り気が顔中を包み込んだ。

ふっくらとした股間の丘には黒々とした茂みが密集し、割れ目からは濃く色づいた花びらがはみ出し、ネットリとした蜜汁にまみれていた。

そっと指先を当てて陰唇を左右に開こうとすると、溢《あふ》れる淫水に指がヌルッと滑りそうになった。

指を奥に当て直して広げると、熟れた果肉が丸見えになった。

光が生まれ出てきた穴は細かな襞を入り組ませて息づき、白っぽく濁《にご》った粘液がまつわりついていた。

包皮の下からは、他の誰よりも大きめのオサネがツヤツヤとした光沢を放ってツンと突き立ち、彼はその艶めかしい眺めと悩ましい匂いに誘われ、吸い寄せられるようにギュッと顔を埋め込んでいった。

「アアッ……！」

登志が声を洩らし、量感ある内腿できつく彼の顔を締め付けてきた。

栗太は柔らかな茂みに鼻をこすりつけ、隅々に籠もる匂いを嗅いだ。大部分は甘ったるい汗の匂いで、下に行くにつれゆばりの成分が濃くなっていった。

舌を這わせると、淡い酸味の蜜汁がヌルリと迎えてくれ、彼は次第に夢中になって、膣口を掻き回し、柔肉をたどってオサネまで舐め上げていった。

「あう……、気持ちいいわ。もっと……」

登志は顔を仰け反らせて口走り、ヒクヒクと下腹を波打たせた。さらに彼がオサネに吸い付くと、彼女はいつしか自ら豊かな乳房を揉みしだきはじめた。

栗太はもがく腰を抱え込んで執拗にオサネを刺激し、さらに脚を浮かせ、自分もされたように白く豊満な尻の谷間に顔を埋め込んでいった。

薄桃色の蕾《つぼみ》に鼻を埋めると、秘めやかな微香が悩ましく籠もっていた。

栗太は美女の恥ずかしい匂いを貪りながら、舌先でチロチロとくすぐるように舐めた。

「ああ……、くすぐったくていい気持ち……。いい子ね……」

登志は譫言《うわごと》のように喘いで言い、新たな淫水を漏らしながら愛撫を受け止めた。

彼は充分に濡らしてから舌先を押し込み、ヌルッとした滑らかな粘膜も味わった。そして舌を出し入れさせるように動かしてから、再び陰戸に戻り、熱い大量のヌメリをすすりながらオサネを舐め回した。

「い、いきそう……。お願い、入れて……」

登志が激しく身悶え、声を上ずらせて哀願した。やはり舐められて気を遣《や》るのは勿体《もったい》なく、一つになりたいのだろう。

栗太は顔を上げ、身を起こして股間を進めていった。

先端を濡れた陰戸に押し当ててこすると、

「もう少し下……。そう、そこよ、来て……」

登志が僅《わず》かに腰を浮かせて誘導してくれた。すると、柔肉に押しつけていた亀頭が、いきなり落とし穴にはまったようにヌルッと潜り込んだ。

「あう……、いいわ。もっと奥まで……」

彼女が息を詰めて呻き、絶頂を堪《こら》えながら言った。

栗太も深々と挿《さ》し入れ、ヌルヌルッと心地よい肉襞の摩擦を受けながら根元まで押し込んでいった。そして股間を密着させると、美女の温もりと感触を味わいながら、そろそろと両脚を伸ばし、身を重ねていった。

「アア……、すごいわ……。奥まで届く……」

登志はうっとりと快感を噛みしめて言い、下から両手で彼を抱き寄せた。

栗太は肉布団のように柔らかく温かな身体に重みを預け、豊かに弾む乳房に胸を押しつけた。

「突いて、強く……」

登志が待ちきれないように股間を突き上げて囁くと、栗太もそれに合わせ、次第に激しく腰を突き動かしはじめた。

大量に溢れる蜜汁が律動を滑らかにさせ、クチュクチュと卑猥《ひわい》に湿った音を響かせながら、揺れてぶつかるふぐりまで生温かく濡らしてきた。

子を産んでいても、膣内の締まりは実に良く、栗太はさっき口に出していなければ、入れた途端に果ててしまったかも知れないと思った。

「い、いきそう……。もっと深く……。アアッ……！」

登志は、小柄な栗太を乗せながら何度も弓なりに反り返り、ガクガクと狂おしく腰を跳ね上げて喘いだ。

そしてとうとう彼女は気を遣り、あとは声もなく仰け反ったまま硬直し、ヒクヒクと小刻みな痙攣《けいれん》を繰り返した。

その膣内の収縮に巻き込まれ、続いて栗太も絶頂に達した。

「く……！」

突き上がる大きな快感に呻き、彼はありったけの熱い精汁をドクドクと勢いよく柔肉の奥にほとばしらせた。

「あうう……、熱いわ。気持ちいい……。もっと……、ああーッ……！」

登志は噴出を感じ取ると、駄目押しの快感を得たように声を上げ、全て吸い取って味わうようにモグモグと締め付け続けた。栗太も心おきなく最後の一滴まで出し切り、すっかり満足して動きを弱めていった。

彼女も熟れ肌の硬直を解いてゆき、グッタリと身を投げ出した。

それでも膣内の収縮は名残惜《なごりお》しげに続き、動きを止めた栗太も過敏に反応し、ヒクヒクと幹を内部で上下させた。そして登志の甘い息を間近に嗅ぎながら、うっとりと快感の余韻に浸った。

「ああ……、良かった……」

登志が満足げに呟《つぶや》き、荒い呼吸を繰り返した。

いつまでも上に乗っているのも悪いので、栗太は先に呼吸を整え、そろそろと身を起こして股間を引き離し、再び添い寝していった。

すると彼女が起き上がり、混じり合った体液にまみれている肉棒にしゃぶり付いてきたのだ。

まだ欲望がくすぶっているのか、あるいは若い男の出したものは、一滴余さず吸引しなければ気が済まないのかも知れない。

栗太は腰をよじって反応したが、もう二回出したので、今はすっかり気は済んでいた。それに、そろそろ弓香の待つ家に帰らなければならない。

すると登志も口を離し、唾液に濡れた一物を桜紙に包むようにして拭いてくれ、自分の陰戸も手早く始末した。

「雨が上がったようだわ……」

登志が障子窓に目をやって言うと、確かに激しかった雨音も止み、すっかり明るくなっていた。そして彼女が身繕《みづくろ》いをはじめたので、栗太も起き上がって下帯を着け、着物を着はじめた。

「また会いましょうね。嫌でなければ」

「い、嫌じゃないです。どうか、また教えて下さいませ」

登志に答え、栗太は律義に頭を下げた。やがて彼女は髪を直し、二人で階下に降りて支払いを済ませた。

「入るのは良いけれど、出るのが大変ね」

登志が言い、外を窺《うかが》ってから急いで出ると、少し遅れて栗太も待合を出た。雨が止んだのは嬉しいが、また人通りが増えるので、見られる恐れがあるのは皮肉だった。

そして二人は別れ、栗太は空を映す水溜まりを飛び越えて帰途についたのだった。

三

「遅い！」

帰宅すると、弓香が不機嫌そうに言った。最近、春画の仕事が忙しく、苛《いら》ついているようだった。

それでも栗太はだいぶ絵も上達したので、少しずつ手伝いも出来るようになっていた。

「申し訳ありません。山水堂で雨宿りさせてもらっていました」

「いいえ、様子が変。おいで」

弓香は美しい眉を吊り上げ、栗太を手招いた。

栗太が恐る恐る近づくと、弓香はいきなり彼を抱き寄せ、うなじに顔を押し当てて嗅いだ。熱い息を感じ、彼はゾクリと快感の震えを走らせた。

四六時中一緒にいて、情交の限りを尽くしても、飽きるということはなかった。

栗太にとって弓香は最初の女であり、自分を支配する絶対の女神なのだ。

「女の匂いがする。誰！」

「そ、そんな……。雨も上がらないので、買い物に出るお登志さんの傘に入れてもらったから、その時に匂いが付いたのでしょう……」

「お脱ぎ」

弓香は、いったん疑いはじめたら自分の考えに執着して言った。実際、彼女は恐ろしく勘が良く、また嫉妬《しっと》深いのだった。

「さあ早く！」

「は、はい……」

栗太は仕方なく帯を解いて、着物を脱ぎはじめた。

年中、彼を裸にして様々な形を取らせ、それを絵に描く習慣があるから、弓香が脱げと命じるのは日常茶飯事なのだ。だからためらうわけにもいかない。

やがて弓香は、彼を布団に横たえ、自分は着衣のまま近づいて屈《かが》み込んできた。

そして栗太の乳首に鼻を押し当てた。女の唾液の匂いでも残っていないかと嗅いでいるのだが、熱い鼻息に肌をくすぐられ、さっき登志と二回もしたばかりなのに、栗太はすぐにもムクムクと勃起してきてしまった。

しかし、もう乳首に女の匂いは残っていないようで、弓香は彼の肌を嗅ぎながら股間まで移動していった。

「こんなに立っている……」

「そ、それは、ゆうべ弓香先生としたきりですから、もうすっかり……」

言われて、栗太はだから今日は潔白なのだと言いたげに答えた。

「お黙り。お前は若いから、何度しようともこうなる」

弓香は言い、やんわりと幹に触れ、張り詰めた亀頭に鼻を当てた。そして彼女は身を強《こわ》ばらせた。やはり、拭いただけでは痕跡は消し去れなかったようだ。

ほんのりした温もりと湿り気、そして栗太のものだけではない唾液や淫水の匂いを感じ取ったのだろう。

「したのね！　お登志さんと」

「い、いいえ……。何かの間違いです……」

「お尻をお出し」

弓香が恐ろしくも美しい顔で睨《にら》み付けて言い、栗太は恐る恐るうつ伏せになり、四つん這いになって尻を高く持ち上げた。

すると彼女は物差しを手にし、容赦《ようしや》ない力で激しく打ちはじめた。

「あッ……！　どうかお赦《ゆる》しを……」

栗太は全身を走る激痛に哀願したが、どこか甘美な刺激に勃起は治まらなかった。

弓香は感情を爆発させたように、狂おしく叩き続けた。いったん打擲《ちょうちゃく》してしまうと、どんどん気持ちが高揚し、止めどなくなっていくようだ。

尻の痛みが麻痺《まひ》し、痛みを越えると快感になってきた。このように叩かれるのは初めてだった。

弓香は息を弾ませて叩き続け、やがて疲れて手を下ろした。

そして肩を震わせて息を弾ませ、恐らくひどい痣《あざ》になったであろう尻を見下ろして物差しを捨てた。

「ああ……、私は何ということを……」

弓香は脱力したように言いながら、熱を持った尻に顔を埋めて舌を這わせてきた。

さらに手早く帯を解き、自分も着物を脱いで一糸まとわぬ姿になって重なってきた。

栗太を仰向けにさせ、熱烈に唇を合わせ、舌をからめた。激情が過ぎると、猛烈な淫気が襲ってきたのだろう。

「ンン……」

弓香は熱く甘い息を弾ませ、ことさらにトロトロと大量の唾液を注いできた。

まるで、他の女の味や匂いを消し去ろうというようだった。

そして執拗に舌をからめてから、ようやく離れ、近々と顔を寄せて囁いてきた。

「栗太、お前は私の何……」

「わ、私は、弓香先生に飼われている犬のようなものです」

「いいや、違う。お前は、私と一緒に死ぬ男……」

弓香は怖い目で彼の目の奥を見つめながら言った。やはり、未だに武家の生き様が抜けきれず、何かと言えば生き死にの発想になってしまうようだ。

栗太は、尻の痛みとともに、いつになく濃厚な息の匂いに刺激され、うっとりと酔いしれた。

「お前と出会う前の私は、いま思えばなぜ生きていたのか信じられない……」

弓香は涙ぐみながら熱く囁き、何度となく彼の唇や頬、鼻の頭に唇を重ね、ネットリと舐め回してきた。

「ああ……」

栗太は火のように熱い息を嗅ぎながら喘ぎ、もう我慢できないほど高まってきてしまった。弓香はとうとう涙をこぼし、涙と鼻汁を滴《したた》らせながら彼の顔中をヌルヌルにし、彼もまた舌を伸ばし、粘り気と味わいが淫水に似た鼻汁をすすった。

やがて弓香は彼の肌を舐め下り、再び股間に顔を寄せた。そして画材の置かれた辺りから鋏《はさみ》を取り出し、いきなり一物をつまんだのだ。

「ゆ、弓香先生……」

栗太は震え上がったが、弓香は彼の恥毛を切りはじめたのだった。

「もう、他の女に会えないようにする……」

弓香は言い、彼の股間に紙を敷いて鋏で切り取れるかぎりの毛を刈り取り、さらに筆洗《ひっせん》の水に剃刀《かみそり》を浸してゾリゾリと丁寧に剃《そ》ってしまった。

栗太は息を詰め、微動だにできず作業が済むのを待った。

ひんやりした剃刀の刃が一物や内腿、ふぐりに触れるたび身が強ばった。

弓香も呼吸を殺し、自分にとっても大切な一物を傷つけぬよう注意深く剃った。

やがて手拭いで彼の股間を拭き清め、切った毛を紙に包んで丸め、あらためて幼児のようになった彼の股間を眺めた。

「ああ、可愛い……」

弓香はうっとりと溜息混じりに言い、剃ったばかりの肌に舌を這わせ、勃起した一物にもしゃぶり付いてきた。

「く……」

喉の奥まで呑み込んで吸われ、栗太は快感に奥歯を嚙みしめた。

弓香は深々と含んで舌をからませ、生温かな唾液でたっぷりと濡らしてくれた。

そしてスポンと口を引き抜き、ふぐりにも満遍《まんべん》なく舌を這わせ、ようやく気が済んだように身を起こした。

「お舐め……」

弓香は言い、仰向けの彼の顔に跨《また》がり、すでに熱い蜜汁にまみれている陰戸を迫らせてきた。彼女の心には波があり、武家の慎《つつし》みが前面に出る場合と、今のように欲望のみに突き動かされるときがあった。

栗太はムッチリとした白い内腿に挟まれながら、濡れた花びらに舌を這わせた。舌先を潜り込ませ、襞の入り組む膣口を搔き回し、突き立ったオサネまで舐め上げていくと、

「アアッ……！」

弓香が顔を仰け反らせて喘ぎ、ギュッと彼の鼻と口に股間を押しつけてきた。

柔らかな茂みが鼻を覆《おお》い、彼女の身悶えとともにこすりつけられた。隅々に籠もる、濃厚な汗とゆばりの匂いが一物を刺激し、彼はすっかり高まってきてしまった。

やはり登志とは味も匂いも微妙に違っていた。他の女の匂いは新鮮な興奮をもたらしてくれるが、やはり弓香の匂いが最も馴染《なじ》んだもので、限りない安心感と興奮が入り混じって彼を包み込んだ。

栗太は何度も何度も弓香の体臭を嗅ぎながら、執拗にオサネを舐め、唇に挟んで吸い付いた。淡い酸味の蜜汁は大量に溢れ、さらに彼は白く形良い尻の真下にも顔を潜り込ませていった。

薄桃色の蕾に鼻を埋め込むと、顔中に双丘が密着し、秘めやかな微香が胸に染み込んできた。彼は舌先で細かな襞を舐め、内部にもヌルッと潜り込ませて蠢かせた。

「く……」

弓香は息を詰めて呻き、キュッキュッと肛門で彼の舌を締め付けてきた。

そして充分に愛撫してから、彼は再び陰戸を舐め、もがく腰を抱えながらオサネに舌先を集中させた。

「ああ……、気持ちいい……。栗太、もっと吸って……」

弓香が声を上ずらせて喘ぎ、栗太も執拗に舌を這わせ、ヌメリをすすった。

「ね、弓香先生、ゆばりを出して下さい……」

彼は股間の真下から言った。

すると弓香も息を詰め、下腹を緊張させてきた。

四

「アア……、出る……」

弓香はか細く言い、腰をくねらせながらゆばりを放ちはじめてくれた。

淡い酸味の淫水の味わいが変わり、温かな水流がチョロチョロと栗太の口に注がれてきた。彼は咳《せ》き込まないよう注意しながら、そろそろと喉に流し込んだ。

「ああ……、莫迦《ばか》ね、飲んでいるの……。いっぱい出るわよ……」

彼女は譫言のように言いながら、それでも一気に出さぬよう勢いを制し、ゆるゆると放尿を続けた。

栗太は、弓香の出したものを嬉々《きき》として取り入れた。いったん勢いは激しくなったが、すぐに弱まり、何とか彼はこぼさずに飲み干すことが出来た。

「ああ……」

弓香は出し切って声を洩らし、ビクリと下腹を震わせた。

栗太は余りの雫をすすりながら、あらためて鼻に抜ける香りと味わいを堪能した。

それでも新たな淫水が満ち、たちまち淡い酸味に戻ってしまった。

彼女もすっかり高まり、そのまま栗太の身体の上を移動し、茶臼《ちゃうす》（女上位）で一物に跨ってきた。

先端を膣口に受け入れ、息を詰めてゆっくりと腰を沈み込ませた。

「アア……、いいわ……」

ヌルヌルッと根元まで受け入れると、弓香は顔を仰け反らせて喘いだ。

栗太も肉襞の摩擦に高まりながら、股間に彼女の温もりと重みを受け止めた。中は熱く濡れ、味わうような収縮も最高だった。

彼女は完全に座り込んで股間を密着させると、グリグリとこすりつけるように腰を動かしてから、身を重ねてきた。

そして栗太の肩に腕を回して顔を上げさせ、柔らかな乳房を突きつけてきた。

彼は色づいた乳首を含んで吸い、膨らみに顔中を埋め込んで甘い汗の匂いに包まれた。

左右の乳首を含んで舌で転がし、さらに腋の下にも顔を埋め込み、和毛《にこげ》に籠もる濃厚な体臭で鼻腔を満たした。

「あぁッ……。毛がないから、何だか変な感じ……。気持ち良くて、すぐいきそう……」

弓香が次第に腰の動きを激しくさせて喘ぎ、栗太も下からしがみつきながら股間を突き上げはじめた。大量の蜜汁が動きを滑らかにさせ、ピチャクチャと湿った音を立てながら彼のふぐりから内腿までぬめらせた。

「弓香先生……、叩いて……」

高まりながら栗太が言うと、弓香も快感の中で手を上げ、彼の左頬を叩いた。

「ああ……、もっと……」

甘美な痛みに肩をすくませ、栗太はさらに求めながら絶頂を迫らせた。

「いや、お前を叩くなんて、もう出来ない……」

弓香は嫌々をし、今にも気を遣りそうなほど息を震わせた。

「じゃ、顔に唾《つば》をかけて……」

言うと、弓香は形良い唇をすぼめ、白っぽく小泡の多い唾液を出しながら、勢いよく彼の顔に吐きかけてくれた。

「ああ……」

栗太は、熱く甘い息を顔中に受けながら、生温かな粘液に鼻筋を濡らされて喘いだ。

それは頬の丸みをトロリと流れ、甘酸っぱい芳香が漂った。

「もっと……」

言うと、弓香も腰の動きを激しくさせながら顔を寄せて吐きかけ、果ては舌で顔中にヌラヌラと塗りつけてきた。

「い、いく……。アアッ……！」

栗太は口走り、とうとう絶頂の電撃に貫かれてしまった。同時に大きな快感に突き上げられ、熱い大量の精汁をドクドクと柔肉の奥へほとばしらせた。

「あう……、気持ちいい……。いく……！」

噴出を受け止めた途端、弓香も声を上ずらせ、がくんがくんと狂おしく全身を波打たせながら激しく気を遣った。

膣内の収縮も最高潮になり、彼は一滴余さず搾《しぼ》り取られ、すっかり満足して力を抜いていった。弓香も満足げに快感を噛みしめ、ゆっくりと全身の強ばりを解きながら彼にもたれかかってきた。

「アア……、良かった……」

身体を預けて重なりながら弓香は溜息混じりに呟き、まだ名残惜しげに一物をキュッキュッと締め付けてきた。その刺激に応えるように、彼も一物を内部でピクンと脈打たせ、美女の吐息を嗅ぎながら、うっとりと快感の余韻に浸り込んだ。

力を抜くと、打たれた尻が思い出したように痛んだが、それも弓香との絆《きずな》の深さのように思えて心地よかった。

もちろん一番大切なのは弓香だが、栗太は他の女とも、出来るかぎり情交したかった。それは、男なら誰でも持つ常の気持ちなのだろう。しかし栗太は、それをあえて弓香に知られ、折檻《せっかん》を受けることにも楽しみを見出してしまった。

度を超すと本当に刃傷沙汰《にんじょうざた》となろうが、ほんの軽い浮気ぐらいなら大丈夫で、やがて弓香もそうした刺激がある方が燃えるようになるかも知れない。

やがて荒い呼吸を繰り返していた弓香も、ようやく身を起こして股間を引き離した。

彼女が隣に横になると、栗太はすぐ起き上がって懐紙《かいし》で陰戸を拭った。弓香も、されるままじっとしていた。

逆流する精汁を拭い取ると、栗太は自分の一物も手早く拭いた。

「こっちを向いて、脚を開いて……」

弓香が起きて言い、画帖を手にした。

「はい、こうですか……」

すぐにも栗太は彼女の前に向き、両手を後ろに突いて、立てた両膝を全開にさせた。

弓香は全裸のまま絵筆を走らせ、毛を剃ってしまったばかりの、子供のような栗太の一物を描き写した。

今は満足げに萎えているから、なおさら子供の股間という見本にはなるだろう。中には少年に悪戯する大年増《おおどしま》という構図を描くこともあるので、今のうちに写し取っておきたかったようだ。

見られていても、さすがに今は回復の見込みもなく、栗太は弓香に言われるまま様々な形を取って彼女の手伝いに没頭したのだった。

五

「いかがです。もうすっかり慣れたようですな」

栗太が仕上がった絵を持って市谷の藤乃屋へ行くと、藤兵衛がにこやかに言った。

今日は、弓香が実家の法要に出向いてしまい、夜まで帰らないので、栗太も一日中勝手気ままに過ごすことが出来た。

「はい。おかげさまで無事に過ごしております」

栗太は答え、大恩ある藤兵衛に弓香の絵を託《たく》した。

何しろ、この藤兵衛に拾われなければ、栗太は行き倒れになっていたことだろう。それが仕事を紹介してくれ、しかも弓香のような美女と暮らし、良い思いが出来るのだから栗太には生涯足を向けて寝られない人なのだった。

「栗太さんも、少しずつ描かせてもらっているのですな」

「はい、この辺りは私が描いたのです」

栗太は、弓香の絵の背景の部分を指して言った。人物は表情や着物のシワなどが大変だが、箪笥《たんす》や団扇《うちわ》などの小物は動かないから、暇なときにでも多く描く稽《けい》古《こ》を積むことが出来る。

「ほう、これは大したものだ。これだけ描ければ、やがて顔や身体も描けるようになるでしょう」

「先は長いですけれど、精進《しょうじん》します」

栗太は言い、やがて一礼して藤乃屋を辞した。

そして湯屋に寄り、夕餉《ゆうげ》の総菜を買って内藤新宿の家に帰った。画業の方は一段落しているから、栗太は部屋の片付けと掃除をした。

すると、干しておいた布団を取り込んでいるところへ、光が新たな画材を持ってやってきた。

「やあ、ご苦労様。弓香先生はいないんだ」

「そう」

「他へも回るの？　急がないなら、ゆっくり休んでいくといい」

「ええ、ここが最後だから」

言うと光は上がり込んできた。つい先日、母親の登志と情交したばかりだが、彼は可憐《かれん》な美少女を前に、ムラムラと淫気を湧き上がらせてしまった。

（弓香先生の留守中に、ここで……？）

栗太は思い、妖しく胸を高鳴らせた。それは禁断の興奮であり、さらに弓香に知られたら、どのような打擲が待っているかという期待でもあった。

すでに光とは、栗太と弓香の三人で淫らな行為を行っている。主人の留守中での情交には怒るだろうが、そう知らない仲でもないから、弓香が知っても栗太を刺すようなことにはならないだろう。

もちろん、弓香に知られなければ、それに越したことはないのである。

そして弓香がいないことで、たちまち光もその気になってきたようだ。いや、光は弓香を慕《した》っているふうがあったから、また前のように三人で戯《たわむ》れたいという気持ちもあって来たのだろう。

「ね、少しだけいい……？」

栗太は光ににじり寄って言い、そっと肩を抱いた。光もほんのりと頬を染めて顔を寄せてきたので、もうあとは言葉など要らないだろう。

そっと唇を重ねると、ぷっくりした柔らかな感触と、甘酸っぱい果実臭の息が心地よく鼻腔を刺激してきた。

やはり二十代の弓香とも、光の母親である三十代後半の登志とも違う、美少女の匂いだった。

舌を挿し入れ、白く健《すこ》やかな歯並びを舐めると、光も歯を開いてチロチロと滑らかに舌を触れ合わせてきた。美少女の柔らかな舌は生温かな唾液にトロリと濡れ、何とも清らかで美味しかった。

「もっと飲ませて……」

「汚いわ……」

光は小さく答えたが、せがまれるまま愛らしい唇をすぼめ、クチュッと彼の舌の上に唾液を垂らしてくれた。細かに弾ける小泡の一つ一つにも甘酸っぱい芳香が含まれ、彼はゆっくり味わってから喉を潤した。

そして美少女の唾液と吐息を堪能してから、いったん離れて手早く床を敷き延べ、障子を閉めて着物を脱ぎはじめた。光も立ち上がって、自分から帯を解き、着物を脱いでみるみる白い肌を露わにしていった。

互いに全裸になると、先に栗太は仰向けになった。

「まあ、どうしたの……」

彼女は、栗太の股間に毛がないのを見つけると、目を丸くして言った。

「ああ、弓香先生に剃られてしまったんだ。子供の股を描きたいって」

「そう、可愛いわ……」

光は言い、傍《かたわ》らに座って屈み込み、スベスベの股間に触れ、さらに勃起した肉棒に頰ずりまでしてくれた。

「待って。すぐいってしまいそうだから、先に足を……」

栗太は言い、光の手を引いて顔の方へ寄せた。

「どうすればいいの……？」

「立って、顔に足を載せて……」

「まあ、またそんなことを……」

光は言いながらも、すっかり好奇心と欲望に、つぶらな目をキラキラさせて立ち上がった。そして壁に手を突いて身体を支えながら、そっと片方の足を浮かせ、足裏を彼の顔に載せてきた。

「こう……？」

「うん、もっと強く……」

栗太は、ムッチリとした足を見上げて言い、鼻と口に足裏を感じながら舌を這わせた。

そして指の股に鼻を割り込ませると、今日も美少女の指の間は汗と脂に湿り、蒸れた芳香が濃く籠もっていた。

「いい匂い……」

「嘘よ、そんなの……」

光はか細く言い、それでも拒まず舐められるまま足を動かさなかった。

栗太は爪先にしゃぶり付き、全ての指の股を舐め、足を交代させた。そして心ゆくまで堪能すると、顔を跨がせてしゃがませた。

「あん、恥ずかしいわ……」

光は声を震わせながらも、そろそろと厠《かわや》に入ったようにしゃがみ込み、股間を彼の鼻先にまで迫らせてきた。脹《ふく》ら脛《はぎ》も内腿も張り詰め、股間の熱気が顔中を包み込んだ。

愛らしい陰戸からはみ出す花弁は、すでにしっとりと蜜汁を宿し、僅かに突き立つオサネも覗いていた。

栗太は両手で腰を抱えて引き寄せ、柔らかな若草に鼻を埋め込んだ。

汗とゆばりの匂いが馥郁《ふくいく》と籠もり、彼は何度も鼻を鳴らして嗅ぎ、美少女の体臭で胸を満たしながら舌を伸ばしていった。

張りのある陰唇を舐めると、うっすらと汗とゆばりの味わいがあり、奥へ挿し

入れるとヌルッとした淡い酸味が感じられた。そして膣口を掻き回し、柔肉をたどってオサネまで舐め上げていくと、

「アアッ……！」

光は喘ぎ、思わずギュッと彼の顔に座り込んできた。

舌先でチロチロとオサネを舐め回すと、ヌメリの量が急激に増してきた。

やはり弓香との三人での戯れと違い、二人きりというのは秘め事の興奮が強く感じられるのだろう。

栗太は尻の真下に潜り込み、両の親指でムッチリと谷間を開き、キュッとつぼまっている薄桃色の蕾に鼻を埋め込んだ。

「あん……」

光は羞恥と違和感に声を洩らし、腰をくねらせて蕾を引き締めた。栗太は顔中に双丘の丸みを密着させながら、秘めやかな匂いを堪能し、舌を這わせていった。

細かな襞の震えを味わい、ヌルッと舌を潜り込ませると、滑らかな粘膜に触れた。

「あう……、駄目よ。汚いから……」

光はむずがるように言い、潜り込んだ舌先をモグモグと締め付けてきた。

鼻先にある陰戸からは、新たな蜜汁がトロトロと湧き出し、彼の顔を濡らした。

栗太は充分に美少女の肛門を舐めてから、再び割れ目に舌を戻し、大量の淫水をすすってオサネにも吸い付いた。

やはり光は登志に似て、相当に濡れやすい質《たち》のようだった。

「も、もう駄目……」

光は感じすぎて上体を起こしていられず、そのまま突っ伏してきてしまった。

栗太は力の抜けかかった彼女の身体を反転させ、顔を跨がせながら勃起した肉棒を鼻先に突きつけた。

すると光も素直に亀頭にしゃぶり付き、女上位の二つ巴《どもえ》の体勢になってくれた。

栗太は股間に美少女の熱い息を受けながら、濡れた口腔に包まれて高まった。

そして自分も彼女の腰を抱え、向きの変わった陰戸を舐め回し、鼻先にある蕾の収縮を眺めた。

「ンンッ……！」

喉の奥まで頬張り、光はオサネを舐められて呻いた。熱い鼻息がふぐりをくすぐり、たまに当たる歯も刺激的だった。

やがて充分に高まると、栗太は暴発してしまう前に彼女の口を離させ、向き直らせて茶臼を求めた。

光も素直に一物に跨り、自らの唾液にまみれた幹に指を添え、先端を膣口にあてがいながら、ゆっくりと腰を沈み込ませてきた。

「アアッ……！」

ヌルヌルッと深く受け入れながら、光は眉をひそめて喘いだ。

それでも初回ほどの痛みはなく、むしろ今は二人きりだから、一つになれた充足感の方が大きいようだった。

栗太も、きつい締まりの良さと肉襞の摩擦を感じ、股間を突き上げて根元まで押し込んだ。光はぺたりと座り込み、完全に股間を密着させて身を重ねてきた。

栗太は抱き留めながら顔を潜り込ませ、美少女の乳首に吸い付き、左右とも交互に舌で転がした。

すると感じた光が、キュッキュッと息づくような収縮を一物に伝えてきた。

溢れる淫水は彼のふぐりから内腿を濡らし、栗太は美少女の重みを感じながら幹を震わせた。

さらに光の腋の下にも顔を埋め込み、和毛に鼻をこすりつけて甘ったるい汗の匂いを嗅いだ。

そして少しずつ股間を突き上げはじめると、光も合わせて腰を使いはじめ、何とも心地よい律動が開始された。

「ああ……。何だか、奥が熱いわ……」

光が、自身の奥に芽生えた、痛みばかりではない何かを探るように呟いた。

栗太は次第に突き上げを速め、彼女の首筋を舐め上げて唇を求めた。甘酸っぱい芳香を放つ口に鼻を押しつけ、美少女の吐息で鼻腔を満たすと、彼女も舌先でヌラヌラと鼻の穴を舐めてくれた。

唾液と吐息を感じると、もう堪らず栗太は絶頂に達してしまった。

「く……！」

突き上がる大きな快感に呻き、栗太は股間をぶつけるように動かしながら、ありったけの熱い精汁を勢いよくほとばしらせた。

「アア……！」

光も、彼の絶頂を感じたように声を上げ、キュッと膣内を締め付けた。

栗太は心おきなく最後の一滴まで出し尽くし、すっかり満足して徐々に動きを弱めていった。

光は荒い呼吸を繰り返しながら、飲み込むように陰戸を収縮させ、やがて栗太が動きを止めて力を抜くと、彼女もグッタリとなって彼に身体を預けてきた。

この分なら、あと何度かするうちに、光もすっかり挿入により気を遣るようになることだろう。

栗太はなおも執拗に舌をからめ、光の唾液で喉を潤し、果実臭の息を嗅ぎながら、うっとりと快感の余韻を味わった。

こんなところへ、弓香が帰ってきたらどうなるだろう。栗太は、大恩ある弓香の悋気《りんき》を煽《あお》るような状況を想像して胸を弾ませた。さらに、弓香の激しい打擲を思うと、すぐにも光の内部でムクムクと回復しそうになった。

しかし、それは想像だけで楽しむものであり、やはり今は弓香に帰ってきてほしくなかった。無用に傷つけるのは本意ではないし、こうして知られぬところで行うのが秘め事だろうと思った。

「何だか、最初の時と違う感じがしたわ……」

ようやく呼吸を整えながら、光がか細く言った。

「ああ、もうすぐ気を遣るようになるよ。でも、このことは弓香先生には内緒だよ」

「ええ、分かっているわ……」

言うと光は答え、やはり秘め事の悦《よろこ》びを味わっているようだった。

そして栗太は、弓香を裏切ると同時に、登志と光母娘《おやこ》とまで情交し、それを双方に内緒にしていることに、後ろめたい快感を覚えるのだった。

第四章　ぬめり曼荼羅《まんだら》

一

「ご苦労様。生憎《あいにく》うちの人は寄り合いに行って、そのまま飲みに行くようだから」

栗太が市谷の藤乃屋に、弓香の仕上がった絵を届けに行くと、藤兵衛の妻の雪江が出てきて言った。

店が閉まっているから変だと思ったら、雪江一人きりのようだった。すぐお暇《いとま》するつもりが、座敷に上げられ、茶も淹《い》れてくれた。店でなく、こうして座敷に上がると何やら畏《かしこ》まってしまった。

「ずいぶん腕を上げましたね。弓香さんも重宝していることでしょう」

雪江は、彼が持ってきた春画を見ながら言った。

すでに弓香の絵は熟知しているから、どの部分を栗太が描いているかもお見通しなのだろう。

「いいえ、とんでもないです」

「でも弓香さんは、ずいぶんと情が濃いから大変ではない？」

雪江に言われ、栗太は返答に窮《きゅう》した。

しかし、どうとぼけようとも女の勘はごまかせず、すでに栗太が弓香と情を通じていることも、お見通しのようだった。

もちろん弓香との関係のみで、栗太が出入りの登志や光の母娘《おやこ》とまで関係を持っているとは夢にも思わないだろう。

「いえ……」

「でも、やつれた感じはないわね。覚えたてだから、栗太さんも女の気を取り入れているのでしょう」

まじまじと正面から見つめられ、栗太は顔が熱くなってきてしまった。

美しく清楚《せいそ》な雪江は二十四歳、弓香より一つ上だ。そして何といっても雪江は、栗太にとって命の恩人である藤兵衛の妻なのである。いかに美人の新造《しんぞ》でも、淫気を抱くのは畏《おそ》れ多かった。

それなのに雪江は、次第に栗太ににじり寄り、彼がモジモジする様子を楽しんでいるようなのだ。

「弓香さんにしていることを、私にもしてほしいのだけれど」

雪江が、声を潜めて囁《ささや》き、とうとう手のひらを彼の頬に当ててきた。

「し、しかし、恩人である藤兵衛さんに申し訳が……」

栗太は、いつしか痛いほど激しく勃起しながら、声を震わせて答えた。

「ならばなおさら、私の淫気を鎮《しず》めて……」

雪江は言い、いったん身を離して枕屛風《まくらびょうぶ》の陰から布団を引っ張り出し、手早く敷き延べてから帯を解きはじめた。

「さあ、早く脱いで……」

「でも、藤兵衛さんがお帰りになったら……」

「弱虫ね。暗くなるまで帰らないから大丈夫」

雪江は言い、とうとう着物と襦袢《ジュバン》まで脱ぎ、腰巻を取り去ると、一糸《いっし》まとわぬ姿で仰向けになった。

ここまで来れば、彼女に恥をかかせるわけにはいかない。

栗太も観念して帯を解き、手早く全裸になって添い寝していった。

甘えるように腕枕してもらうと、雪江もきつく彼を抱きすくめてくれた。

色っぽい腋毛《わきげ》に鼻を埋《うず》めると、甘ったるく熟れた体臭が悩ましく濃厚に鼻腔《びこう》を搔き回してきた。

栗太は匂いに刺激され、激しく勃起した一物《いちもつ》を彼女の肌に押しつけながら、目の前にある形良い乳房に移動していった。

「ああ……」

雪江が熱く喘《あえ》ぎ、両手できつく栗太を抱きすくめ、顔に柔らかな膨《ふく》らみを密着させてきた。彼は美女の体臭に包まれながら乳首に吸い付き、懸命に舌で転がした。

「いい気持ち……。もっと強く……」

雪江が顔を仰《の》け反《ぞ》らせて喘ぎ、お歯黒の歯並びの間から、熱く甘い息を洩らしてきた。

栗太は左右の乳首を交互に含んで吸い、さらに白い首筋を舐め上げ、かぐわしい唇に迫っていった。

すると雪江の方から顔を上げ、彼を抱き寄せてピッタリと唇を重ねてくれた。

柔らかな唇が密着し、花粉のように甘く刺激的な息の匂いが馥郁《ふくいく》と鼻腔をくすぐってきた。すぐにも彼女の舌がヌルッと侵入し、栗太も受け入れて吸いながらチロチロとからみ合わせた。

「ンン……」

雪江は熱く鼻を鳴らし、執拗《しつよう》に舌をからめてきた。

栗太は生温かな唾液をすすり、美女の吐息に酔いしれながら乳房を揉《も》みしだいた。

「アア……」

彼女が顔を仰け反らせ、淫らに唾液の糸を引いて口を離した。

栗太はいったん身を起こし、彼女の足先に顔を移動させた。そして屈《かが》み込み、足裏に顔を押し当て、指の股に鼻を割り込ませた。

「あん……、そんなところを……」

雪江が驚いたように言って足を震わせたが、拒《こば》みはしなかった。

栗太は、汗と脂《あぶら》に湿った指の股を嗅《か》ぎ、蒸《む》れた芳香に陶然《とうぜん》となりながら爪先にしゃぶり付いていった。

桜色の爪を舐め、順々に指の間にヌルリと舌を割り込ませ、ほんのりしょっぱい味が薄れるまで貪《むさぼ》った。

「あうう……、くすぐったいわ……」

雪江は言いながらも、うっとりと身を投げ出し、彼の口の中で爪先を縮めた。

栗太は両足とも満遍《まんべん》なくしゃぶり尽くし、いよいよ脚の内側を舐め上げ、美しい新造の股間に顔を進めていった。

白くムッチリとした内腿を舐め上げ、陰戸《ほと》に鼻先を迫らせると、悩ましい匂いを含んだ熱気と湿り気が渦巻くように籠もっていた。

茂みは楚々《そそ》とし、肉づきの良い割れ目からはみ出す花びらは綺麗な薄桃色をしていた。

そっと指で広げて中を見ると、柔肉は大量の淫水にヌメヌメと潤《うるお》っていた。

襞の入り組む膣口は、白っぽい粘液をまつわりつかせて息づき、包皮を押し上げるようにツンと勃起したオサネは、ツヤツヤとした綺麗な光沢を放ち、弓香よりもやや大きめだった。

栗太は艶《なま》めかしい眺めを瞼《まぶた》に焼き付け、柔らかな恥毛に鼻を埋め込んでいった。

隅々に鼻をこすりつけて嗅ぐと、生ぬるい汗の匂いにゆばりの刺激成分が入り混じって、鼻腔を掻き回してきた。

舌を這わせると、トロリとした淡い酸味の蜜汁が溢《あふ》れ、入り組む襞と、コリッとするオサネが触れた。

「アア……」

雪江が身を反らせて喘ぎ、内腿でキュッと彼の両頬を挟みつけてきた。栗太は膣口からオサネまで何度か縦に舌先を往復させ、味と匂いを堪能した。

「待って、開くわ……」

と、雪江が言って股間に両の指を当て、陰唇を全開にさせ、包皮も剝《む》いて突起を完全に露出してくれた。

まるで姉が弟に、食べやすいように果物の皮でも剝いてくれたようだった。

栗太は丸見えになった陰戸の艶めかしさに見惚《みと》れ、再び舌を這わせた。

大きく開かれているため、膣口の中まで舐めることが出来、しかも興奮と快感に合わせて柔肉全体が迫《せ》り出すように盛り上がり、膣口が締まった。

彼は溢れる蜜汁をすすり、やはり露出したオサネを舌で弾き、強く吸い付いた。

「ああ……、それ、いい……。もっと強く吸って……」

雪江が身を弓なりに反らせ、離さぬよう内腿を締め付けながらヒクヒクと下腹を波打たせた。

そして栗太が充分にオサネを愛撫し、ヌメリを舐め取ると、雪江は自分から両足を浮かせて抱えたのだ。栗太は割れ目を舌でたどり、さらに白く丸い尻の谷間に顔を押しつけていった。

薄桃色の蕾《つぼみ》に鼻を埋め込むと、秘めやかな微香が心地よい刺激を与えてきた。

彼は美女の恥ずかしい匂いを何度も嗅ぎ、舌を這わせて細かに震える襞を舐め回した。

そして舌先を押し込み、ヌルッとした滑《なめ》らかな粘膜も味わい、やがて陰戸から滴《したた》る淫水をすすりながら再びオサネに舌を戻していった。

「アア……、気持ちいい……。指も……」

雪江が喘ぎながら言い、栗太は右手の人差し指を膣口に押し込み、天井をこすった。

さらに左手の指も唾液に濡れた肛門に浅く潜り込ませ、オサネを舌先で弾くように舐め続けた。

それぞれの指を蠢《うごめ》かせながら強くオサネに吸い付くと、

「い、いく……。アアーッ……！」

たちまち雪江は声を上ずらせて喘ぎ、前後の穴で彼の指が痺《しび》れるほど締め付けながら、ガクガクと狂おしい痙攣《けいれん》を開始した。

同時に、まるで射精するようにピュッと大量の淫水がほとばしり、栗太の口に飛び込んできた。

彼は、気の遣《や》り方も皆それぞれだと思いながら指と舌の愛撫を続け、粗相《そそう》したように股間を濡らした淫水をすすった。

「も、もう堪忍《かんにん》……」

雪江が反り返ったまま声を絞り出した。彼が舌を引っ込め、前後の穴から指をヌルッと引き抜くと、

「アア……、良かった……」

彼女は言いながら徐々に硬直を解き、グッタリと身を投げ出していった。

陰戸はまだ収縮を続け、興奮に色づいた花弁を震わせていた。

栗太は彼女の股間から離れ、再び添い寝していった。

二

「さあ、今度は私の番……」

呼吸を整えた雪江が半身を起こして囁き、仰向けにさせた栗太に屈み込んでキ

ユッと耳朶《みみたぶ》を噛んだ。

彼はビクリと肩をすくめ、甘美な痛みと快感、耳や首筋をくすぐる息に反応した。

そのまま雪江は舌先で彼の首筋を下降し、熱い息で肌をくすぐりながら乳首に吸い付いてきた。

「あぁッ……！」

完全に受け身になった栗太は、美しい雪江の愛撫に喘いだ。

彼女は左右の乳首を交互に舐め、舌先でチロチロとくすぐっては、カリッと甘く噛んでくれた。

「あう……、もっと強く……」

栗太は快感に呻《うめ》き、屹立《きつりつ》した肉棒をヒクヒクと震わせてせがんだ。

さらに雪江は力を込めて噛んでくれ、脇腹や下腹に這い下りていった。そして栗太を大股開きにさせると、彼女は真ん中に陣取って顔を寄せ、とうとう彼の股間に熱い息を籠もらせてきた。

そっと幹に指を添え、先端に舌を這わせ、鈴口《すずぐち》から滲《にじ》む粘液をすすってくれ、幹を舐め下りてふぐりにしゃぶり付いた。

「アア……」

栗太は妖《あや》しい快感に喘ぎ、ゾクリと背筋に震えを走らせた。

彼女は舌先で二つの睾丸《こうがん》を転がし、袋全体を舐め回し、優しく吸い、生温かな唾液にまみれさせた。

そして再び肉棒の裏側を舌先で舐め上げ、先端に達すると、今度は丸く開いた口でスッポリと喉の奥まで呑み込んでくれた。

「く……！」

栗太は暴発を堪《こら》えて奥歯を噛みしめ、温かく濡れた美女の口の中で一物を震わせた。

彼女は上気した頬をすぼめ、引き抜きながらスポンと口を離し、たっぷりと唾液にまみれさせてくれた。

清楚な雪江が、大胆に舌を這わせ、お行儀悪く音を立てて貪ってくれるのは何とも大きな快感をもたらした。

しかし彼女は、栗太が果ててしまわないうち、唾液にまみれさせただけで身を起こしてきた。

「上から、いい……？」

囁きながら彼の股間に跨《また》がった。

もちろん栗太にとっては願ってもない。何しろ彼は、下から美女を見上げるのが好きなのだ。

雪江は幹に指を添え、自分の唾液に濡れた先端を膣口に押し当て、位置を定めると息を詰めてゆっくりと腰を沈み込ませてきた。

たちまち張り詰めた亀頭が膣口に潜り込み、あとはヌルヌルッと滑らかに根元まで呑み込まれていった。

「アア……。なんて、いい……」

深々と受け入れ、雪江が顔を仰け反らせて喘いだ。完全に座り込み、股間を密着させると、彼女は栗太自身をキュッときつく締め付けてきた。

「ああ……」

栗太も快感に声を洩らし、股間に重みと温もりを受けながら暴発を堪えた。とうとう大恩人の妻と交わってしまい、彼は震えるような禁断の快感に包まれた。

中は熱く濡れ、じっとしていても息づくような収縮と、奥からドクドクと伝わる躍動に快感が高まった。

雪江は目を閉じ、杭《くい》に貫かれたようにしばし上体を反らせて動かなかった。恐らく情交は久々なのだろう。そして、この慣れた様子からすると、藤兵衛以外の男と交わったこともあるようだった。

やがて彼女は腰をくねらせ、股間をこすりつけるように動かしながら身を重ねてきた。

栗太の肩に腕を回し、熟れ肌を密着させてくると、彼も下から両手でしがみつき、胸に当たって押し潰《つぶ》れる乳房の柔らかさを嚙みしめた。

「奥まで響くわ。とっても硬くて、気持ちいい……」

雪江が顔を寄せて囁き、栗太は甘い息の匂いを感じると急激に高まり、ズンズンと股間を突き上げはじめてしまった。

「アア……、いいわ。もっと奥まで突いて……」

雪江も、動きを合わせて腰を使いながら喘いだ。

たちまち二人の律動が一致し、溢れる蜜汁が摩擦を滑らかにさせた。

ピチャクチャと淫らに湿った音が響き、溢れたヌメリが彼のふぐりから内腿まで濡らしてきた。

「い、いきそう……」

「まだ駄目よ。私がいくまで我慢して……」

降参しようとすると、雪江が彼の耳に口を付け、熱く湿った息で囁いた。やはり指と舌で気を遣るだけでは、まだ満足していないのだろう。

そして彼女は耳の穴を舐め、そのまま彼の頬から鼻の穴、瞼や額にまでチロチロと舌を這わせてくれた。

栗太は息と唾液の匂いに包まれ、顔中ヌルヌルにまみれながら動きを速めた。

唇を求めると、雪江も熱烈に重ね合わせてくれ、ネットリと舌をからめた。

彼はかぐわしい息に刺激され、注がれる唾液で喉を潤しながら高まった。

「もっと……」

囁くと、雪江も大量の唾液をトロトロと口移しに垂らしてくれ、彼は心地よく喉を潤しながら、急激に昇り詰めてしまった。

「く……」

許しも得ないうち大きな快感に貫かれ、彼は呻きながら熱い大量の精汁をドクドクと内部にほとばしらせた。

「あう……、熱いわ。いく……！」

すると、噴出を受け止めた途端、雪江も口を離して呻き、ガクンガクンと狂おしい痙攣を開始した。同時に膣内の収縮も高まり、精汁を飲み込むようにキュッキュッと柔肉が締まった。

その刺激に駄目押しの快感を得た栗太は、心おきなく最後の一滴まで出し尽くし、すっかり満足してグッタリと身を投げ出していった。

「アア……」

雪江も声を洩らし、徐々に動きを弱めながら熟れ肌の強《こわ》ばりを解き、満足げに彼に身体の重みを掛けてもたれかかってきた。

栗太は全身に美女の重みと温もりを受け止め、熱く甘い息を間近に嗅ぎながら、うっとりと快感の余韻に浸ったのだった。

「ああ……、やっぱり若い子は美味《おい》しい……」

雪江が、重なったまま熱い息とともに呟《つぶや》き、嚙みしめるようにキュッときつく締め付け続けた。

清楚で貞淑《ていしゅく》に見えるが、やはり内面には大きな淫気を湧き上がらせることもあるのだろう。栗太は、何やら美しく清らかな雪江が、実は淫らなあやかしのようにさえ思えたものだった。

そして締め付けられるたび、彼も応えるようにピクンと内部で幹を脈打たせた。

やがて呼吸を整えると、ようやく雪江が身を起こし、名残惜《なごりお》しげにゆっくりと股間を引き離していった。

懐紙《かいし》を取り、手早く陰戸を拭《ぬぐ》いながら彼女は屈み込み、淫水と精汁にまみれている亀頭を含んでくれた。

「あう……」

射精直後で過敏になっている先端を舐められ、栗太は思わずビクリと腰を浮かせて呻いた。雪江は丁寧に舌で清め、鈴口を舐め回し、余りの雫《しずく》を吸い取ってくれた。

彼はじっとしていられずに腰をよじり、刺激に悶《もだ》えた。

また勃起がぶり返しそうになったが、いったん激情が冷めているから、恩人の妻という気後《きおく》れと、今にも藤兵衛が帰ってくるのではないかという不安が先に立ち、淫気が甦《よみがえ》ることはなかった。

雪江も、しゃぶり尽くすと気が済んだように顔を上げ、身繕《みづくろ》いをはじめたのだった。

栗太も起き上がって下帯《したおび》を着け、心地よい脱力感の中で着物を着た。

「では、またうちの人がいないときに」

「はい。何やら恐ろしい気がします……。では今日はこれにて……」

雪江が言い、やがて栗太も辞儀をして藤乃屋を辞した。

また弓香に見破られると困るので、彼は帰りに湯屋へ寄って身体を洗い流し、女の匂いや痕跡を全て消し去ってから内藤新宿の家に帰ったのだった。

すると光が来ていて、弓香も上機嫌だった。

他でもない藤乃屋への使いなので、少々栗太の帰りが遅くなっても藤兵衛と話し込んだのだろうと思い、疑いもしないようだ。まして栗太は昨今、絵の力も上達しはじめているから、専門家の意見を聞く貴重な機会になると踏んでくれたのだろう。

「栗太、早速だけれど女のなりになって」

弓香が言い、光が持ってきたらしい着物を差し出してきた。

また女の衣装になって、絵を描くための形を取るのだろう。

「承知しました」

栗太は言い、すぐにも着物を脱ぎはじめると、光が着替えを手伝ってくれた。

化粧道具も出し、元結《もとゆい》を切って髷《まげ》を解き、髪も下ろした。

弓香は、黙々と絵の仕度をしている。光が来たので、女同士のカラミでも描こうと、彼の帰りを待っていたようだ。

やがて、ほんのりと光の匂いの沁み付いた着物を着て化粧を施《ほどこ》され、髪を下ろして、すっかり栗太は女の姿にさせられたのだった。

三

「わあ、綺麗だわ。お人形さんのように……」

光が、女装した栗太を見て溜息混じりに言った。

栗太も、やはり着物を着て化粧を施されると気分が変わり、雪江と交わった衝撃も忘れて、新たな期待と興奮に包まれた。

「でも女の子じゃないわ。今日は陰間《かげま》の役よ。栗太、裾《すそ》をめくって」

弓香が、画帖を開き絵筆を執《と》りながら言った。

すでに光は細かに言い聞かせられていたようで、敷かれた布団の上に、互いに裾をめくって並んで座り、それぞれの股間を探るような形を取った。

栗太が裾をめくって片方の膝を立てると、徐々に勃起しはじめた肉棒が覗《のぞ》き、光も同じようにすると可愛らしい陰戸が覗いた。

どうやら、美少女と陰間が身を寄せ合い、互いに股間をいじり合う構図のようだった。

「べろを出して……」

光が言って顔を寄せると、チロリと赤い舌を伸ばしてきた。

栗太も舌を出し、互いの舌先を触れ合わせた。

「いいわ、そのまま動かないで」

弓香が言い、絵筆を走らせはじめた。

栗太は、美少女と舌先を触れ合わせながら、柔らかなヌメリと、熱く湿り気ある甘酸っぱい息の匂いにムクムクと激しく勃起していった。

「栗太、手で陰戸が見えないわ。触るふりだけにして」

弓香に言われ、栗太は僅《わず》かに指を光の股間から引き離して止めた。

「いいわ。お光ちゃん、もっと一物を握りしめて」

さらに言われ、光もキュッと肉棒を握ってきた。その間も舌先が触れているので、美少女の果実臭の息を好きなだけ嗅ぎ、とうとう互いの舌先からツツーッと唾液の糸が滴ってしまった。

光も、相当に興奮を高めたように、うっとりと薄目で彼の目を見つめ、頬を上気させて熱くかぐわしい息を弾ませていた。

「じゃ、お光ちゃん、栗太の後ろに回って」

一枚目を描き終えると弓香が言い、光が舌を引っ込め、滴る唾液をすすりながら彼の背後に回ってきた。

そして後ろから回した手で一物をいじり、彼に振り向かせて肩越しに再び舌を触れ合わせた。興奮に口が渇くのか、美少女の息の匂いが悩ましく濃く変化し、その刺激に一物がヒクヒクと震えた。

恐らく弓香は描きながら、たいそう嫉妬《しっと》しているだろうなと思い、栗太は光が帰ったあとが怖くなった。

「いいわ。じゃ栗太、仰向けになって」

弓香が言うと、光が背後から離れ、栗太は布団に仰向けになった。もちろん裾をめくって下半身は露出したままだ。

すると光は、心得たように彼の顔に跨って顔を一物に寄せ、女上位の二つ巴《どもえ》の形を取ってきたのだった。しかも絵に描きやすいよう、彼女は片膝を立て、栗太の鼻先でちょうど陰戸が開くような形になった。

「ああ……、恥ずかしいわ。弓香先生、どうかお急ぎになって……」

「いいわ、栗太。陰戸にべろを伸ばして。じゃお光ちゃんは、自分で陰戸を広げながら、一物を舐めるふりをして」

弓香の言葉に、光が触れんばかりに先端に舌を伸ばしてきた。

生温かな息を感じ、しかも栗太も鼻先にある美少女の陰戸の眺めと生ぬるい匂いに一物が震えた。

光が自ら開いた陰唇の内側の柔肉がヌメヌメと潤い、今にも淫水が滴りそうなほど雫を膨らませていた。汗とゆばりの匂いも濃く漂い、ツンと突き立って光沢を放ったオサネを、栗太は早く舐めたい衝動に駆られた。

しかし今は、舐めるふりだけの形を取っていなければならない。

「一物をくわえて。栗太も陰戸を舐めて」

ようやく弓香の許しが出ると、栗太の快感の中心が美少女にパクッとくわえられた。

彼は快感に身を引き締めながら、自分も舌を伸ばし、熱く濡れた陰戸を舐め回し、舌先でオサネをくすぐった。

「ンンッ……！」

亀頭を含んだまま光が呻き、熱い鼻息でふぐりをくすぐってきた。

そして互いに舐め合い、どちらも激しく高まった頃、弓香が作業を終えた。

「いいわ。今日はこれで充分」

言われて、栗太はオサネから舌を引っ込めた。しかし溢れる淫水はとどまるところを知らず、トロトロと熱く湧き出していた。

光も亀頭から口を離したが、まだ起き上がる力が湧かず、何とか彼に向き直って添い寝してきた。

互いに裾を乱したままだから、やけに艶めかしかった。

すると弓香も立ち上がって手早く帯を解き、着物を脱ぎ去りながら、布団に迫ってきたのだ。

「なんと憎らしい子。こんなに立って……」

たちまち一糸まとわぬ姿になった弓香は囁き、栗太を真ん中に仰向けにさせ、左右から二人で挟みつけてきた。光も、乱れた着物を完全に脱いでしまい、二人は左右から栗太も脱がせた。

三人は全裸になり、弓香と光が両側から彼に舌をからめてきた。

混じり合った吐息と唾液の香りが悩ましく鼻腔を刺激し、それぞれの舌が競い合うように彼の口に潜り込んで蠢いた。二人分の唾液がトロトロと流れ込むと、栗太はうっとりと味わいながら喉を潤した。

そして二人は貪るように彼の首筋から乳首に吸い付き、歯を立てながら肌を這い下り、とうとう股間で熱い息を混じらせてきた。

弓香の舌がふぐりを舐め、睾丸を転がし、光の舌は亀頭に這い回った。

さらに二人は同時に一物をしゃぶり、彼は混じり合った唾液にまみれて激しく高まってきた。

「い、いきそう……」

栗太が警告を発すると、二人は顔を上げた。

「お光ちゃん、入れていいわ。そろそろ帰らなければならないでしょう」

弓香が言い、先に光を起こして跨らせた。

濡れた陰戸を先端に押し当てると、弓香が幹に指を添えて支え、光がゆっくりと座り込んできた。

二人分の唾液に濡れて屹立した肉棒は、ヌルヌルッと滑らかに美少女の陰戸に呑み込まれていった。

「アアッ……！」

光は顔を仰け反らせて喘ぎ、股間を密着させてきた。そして上体を起こしていられず、すぐにも身を重ねてきた。すると弓香も横から肌を密着させ、妬心に目を光らせながら彼の耳朶にキュッときつく嚙みついてきた。

「く……！」

栗太は、締め付けられる快感と、嚙まれる甘美な痛みに呻いた。

光も、もうすっかり挿入される痛みよりも、一体となった充足感を覚えるようになっていた。

膣内はモグモグと味わうように収縮し、温もりと潤いが彼自身を包み込んだ。

栗太は顔を潜り込ませ、光の桜色の乳首を吸い、舌で転がしながら甘ったるい体臭を嗅いだ。

すると横から弓香も柔らかな乳房を押しつけ、強烈な愛撫をせがんだ。

絵のため、光と栗太をからませ、嫉妬しながら淫気を高めるというのが、最近の弓香の定番になりつつあった。

「い、いく……」

栗太は股間を突き上げはじめ、締まりの良い美少女の内部で急激に高まってしまった。

まだ光は本格的に気を遣るには日数が必要なので、特に待ってやることもない。

彼は我慢せず、光の内部にありったけの精汁を放ち、溶けてしまいそうな快感に身悶えた。

「ああ……、熱いわ。出ているのね……」

光が噴出に気づいて言い、まるで彼の絶頂が伝染したようにクネクネと身悶えた。

この分なら、もういくらも経たないうちに気を遣るようになってしまうだろう。

栗太は快感の中で思い、最後の一滴まで出し尽くした。

「アア……」

彼が動きを止めてすっかり満足すると、光も声を洩らし、いつまでも膣内を収縮させながら力を抜いていった。

栗太は、二人のかぐわしい息で鼻腔を満たしながら、心ゆくまで余韻を嚙みしめた。

光もグッタリと身体を預け、荒い呼吸を繰り返していた。

やがて光が股間を引き離し、ゴロリと寝返りを打って呼吸を整えると、弓香がすぐにも一物にしゃぶり付き、二人分の体液をすすった。

「あう……、弓香先生。もっと優しく……」

強く亀頭を吸われ、栗太は腰をくねらせて呻いた。雪江も事後にしゃぶり付いたが、彼女のように優しくなく、弓香は貪るようにヌメリを吸った。

光は、そろそろ帰る刻限なのだろう。自分で立って裏の井戸端へ行き、股間を洗い流して戻り、身繕いをした。

「じゃ、私は帰ります。弓香先生、今日もお小遣《こづか》い有難うございました」

光が言い、辞儀をして静かに帰っていった。

弓香は僅かに会釈《えしやく》しただけで、まだ栗太の一物を貪り、強制的に回復させていった。

どうやら、これからが弓香の楽しみなのだろう。

栗太は、何とか淫気を高め、自分にとって絶対である弓香の満足のため、必死に勃起させていったのだった。

四

「お光と私と、どっちが気持ちいいの……」

二人きりになると、さらに弓香が目を輝かせて囁いた。

「弓香先生に決まってるじゃないですか……。でなければ、済んだばかりなのに、こんなに立たないです……」

栗太は言い、勃起した一物を弓香の肌に甘えるように押しつけた。

実際は、その前に雪江とも情交しているのだが、我ながら回復力と勃起力は大したものだった。

弓香は、すっかり元の大きさになった一物から手を離し、添い寝して彼を抱きすくめてきた。

栗太に女装させたり、光とからませたりしているのは絵のためもあるが、どこかで清純な光を妖しい世界に落とし込む愉悦も味わっているに違いない。そして光とからむ栗太への妬心すら、あとで快楽を大きくさせるための技巧なのだろう。

弓香は上からピッタリと唇を重ね、熱く甘酸っぱい芳香の息を弾ませながら、執拗に舌をからみつかせた。

女の二人がかりも心地よいが、やはりこうして一対一で行う淫靡《いんび》さが最高だった。

栗太は、弓香の吐息に酔いしれ、生温かな唾液に濡れた舌を舐め回し、すっかり淫気を高めていった。

「化粧の匂いが嫌……」

弓香は口を離して囁き、もう一度念入りに彼の唇を舐め回し、唾液に濡らしてから手拭いで口紅を拭い取った。

さらに白粉《おしろい》にまみれた彼の顔に、トロトロと唾液を垂らしては拭い取り、栗太は甘酸っぱい唾液の匂いとヌメリに顔中を包まれ、さらに興奮を湧かせた。

やがて栗太の顔中の化粧を落とすと、もう一度弓香は念入りに口吸いをし、舌をからめながら彼の頰や胸を撫《な》で回した。

栗太が、美女の吐息と唾液にうっとりしていると、それも束《つか》の間《ま》、感情の起伏の激しい弓香は、いきなり口を離して起き上がり、彼の顔に足裏を載せてきた。

「お舐め……」

言い、指先で彼の鼻をつまみ、足裏をグイグイと口に押しつけてくる。

栗太も、そうした弓香の行動にすっかり慣れ、素直に舌を這わせた。

優しい弓香も怖い弓香も好きだが、どちらかというと、激しく睨《にら》まれる方に彼は興奮した。何しろ、優しさだけなら光や、その母親の登志や、今日交わった雪江からも得られるのだ。

この気性の激しさは、さすがに元武家の、弓香ならではのものなのである。

指の股の蒸れた匂いを嗅ぎながら、足裏から爪先までしゃぶると、弓香はもう片方の足と交代した。やがて充分に愛撫させせると、そのまま彼の顔に跨って厠《かわや》のようにしゃがみ込んできた。

「お前のせいで、ほら、こんなに……」

弓香は喘ぎ声を抑えるように低く囁き、自ら指を当てて陰唇を全開にさせた。中の柔肉は大量の淫水でヌメヌメと潤い、オサネは突き立ち、膣口には白っぽい粘液もまつわりついていた。

「さあ、舐めるのよ。私が良いというまで……」

弓香は言って腰を沈め、割れ目を彼の鼻と口に密着させてきた。

柔らかな茂みの丘が鼻に押しつけられ、濃厚な汗とゆばりの香りが悩ましく鼻腔を刺激してきた。

下から舐め回すと、生温かくトロリとした淡い酸味の蜜汁が流れ込み、舌の動きを滑らかにさせた。舌先で膣口に入り組む襞を掻き回し、オサネまで舐め上げ、小刻みに弾くように愛撫すると、

「アア……、気持ちいい……」

弓香がうっとりと目を閉じて喘ぎ、さらにギュッと股間を押しつけてきた。

栗太は懸命にオサネを吸い、淫水にまみれながら弓香の体臭に酔いしれた。

さらに尻の谷間に潜り込もうとすると、彼女が自分から前進し、蕾を押しつけてきた。

薄桃色の蕾に籠もる、秘めやかな微香を貪りながら、舌先で細かに震える襞を舐め、内部にも潜り込ませて粘膜を味わった。

「あう……、もっと奥まで……」

弓香は肛門をモグモグと収縮させ、彼の舌を締め付けながら新たな淫水を溢させ、彼の鼻を濡らした。

やがて充分に舐めてから、栗太が再びオサネに戻って吸い付くと、弓香の身悶えが激しくなっていった。下腹がヒクヒクと波打ち、息遣いが荒くなって大きな絶頂が迫ってきたようだ。

「ああ……、もう我慢できない……」

彼女は口走るなり股間を引き離し、彼の股間まで移動すると屈み込み、貪るように一物にしゃぶり付いた。

熱い息が股間にそよぎ、生温かく濡れた口腔が肉棒を締め付けた。彼女は強く吸い、内部では激しく舌をからめながら、スポスポと強烈な摩擦を行った。

「アア……、弓香先生……」

痛いほどの吸い方に栗太は腰をくねらせ、声を震わせた。

弓香は充分に唾液に濡らしてからスポンと口を離し、そのまま身を起こして一物に跨ってきた。

先端を膣口に受け入れ、快感を嚙みしめるようにゆっくりと腰を沈めた。

たちまち屹立した肉棒は、ヌルヌルッと滑らかに吞み込まれ、互いの股間同士がピッタリと密着した。

「ああ……、いい……」

弓香は座り込みながら、うっとりと喘ぎ、熱く濡れた柔肉でキュッときつく肉棒を締め付けてきた。

栗太も心地よい摩擦と締め付けに高まり、徐々に股間を突き上げはじめた。

日に三度、しかも三人の女に茶臼《ちゃうす》（女上位）で跨られて交接する幸運な男など、江戸中探しても他にいないだろうと思った。

弓香は何度かグリグリと股間をこすりつけるように動かし、やがて身を重ねてきた。

そして彼の肩に手を掛けて顔を上げさせ、乳房を押しつけてきた。

栗太も色づいた乳首に吸い付き、甘ったるく濃厚な汗の匂いに包まれながら、ヒクヒクと一物を震わせた。

「噛んで、栗太……。アアッ……！」

言われて乳首に歯を立てると、弓香が喘ぎ、キュッと締め付けが強まった。

一つになると、また弓香の状態が変化し、今度は被虐《ひぎゃく》の快感にのめり込みはじめたようだった。

「もっと強く……、こっちも……。噛みちぎってもいいから……」

弓香は熱く喘ぎながら左右の乳首を交互に含ませ、強烈な愛撫をせがんだ。

栗太もコリコリと次第に力を込めて噛みながら、顔中を柔らかな膨らみに押しつけた。

彼女も腰を動かしはじめ、粗相したように大量の淫水で互いの股間をビショビショにさせながら律動を速めていった。

「い、いきそう……」

乳首から離れ、栗太は高まりながら情けない声で許可を求めた。

「まだ駄目よ、私ももうすぐいくから……。アア……、もっと突いて、強く奥まで……」

弓香も急激に高まりながら腰を使い、上から激しく唇を重ねてきた。

栗太もしがみつき、顔中を美女の濡れた口に押しつけると、彼女も大胆に舌を這わせて彼の鼻から額まで舐め回し、惜しみなく唾液と吐息を与えてくれた。

もう限界だった。

弓香の悩ましい息の匂いで肺腑《はいふ》を満たし、心地よい肉襞の摩擦に包まれると、たちまち栗太は大きな絶頂の荒波に巻き込まれてしまった。

「ああ……、ごめんなさい。いく……！」

栗太は快感に突き上げられながら口走り、動きを激しくさせた。同時に、ありったけの精汁が勢いよく噴出し、律動がさらに滑らかになった。

「あう……、き、気持ちいい……。アアーッ……！」

深い部分を直撃された途端、弓香も声を上ずらせ、ガクガクと狂おしい痙攣を開始して気を遣った。辛《かろ》うじて絶頂が一致したようで、栗太も心おきなく、収縮する柔肉の奥に最後の一滴までほとばしらせた。

弓香も激しく腰を使い、ややもすれば一物が引き抜けるほど振幅を大きくしたので、彼は必死に股間を浮かせて動きを合わせた。

それでも、彼が満足げに萎《な》えかけてくる頃、ようやく弓香も満足したように動きを弱めてきた。

「ああ……、良かった。少し動かないでいて……」

やがて弓香がグッタリと重なり、息も絶えだえになって囁いた。

力を抜いても、膣内はキュッキュッと収縮を繰り返し、一物が刺激されてヒクヒクと震えた。

今の彼女は、全身が射精直後の一物のように過敏になっているようだ。

彼女は重なったまま荒い呼吸を繰り返し、栗太もかぐわしい息を間近に嗅ぎながら、うっとりと快感の余韻を噛みしめた。

そして弓香は呼吸を整えると、そろそろと両手を突っ張って身を起こし、刺激を恐れるようにゆっくりと股間を引き離すと、彼の隣にゴロリと仰向けになった。

「するごとに、溶けてしまいそうに良くなってくる……」

弓香が身を投げ出して言い、汗ばんだ肌を息づかせた。

栗太は身を起こし、懐紙を手にして彼女の陰戸をそっと拭ってやり、自分の股間も手早く始末した。

彼は、もう今日は三人の女を相手にしたから、すっかり満足していたが、弓香のことだから、また夜になったら求めてくるかも知れない。もちろん栗太に拒む権利はないのだから、その時は応じるしかないのだった。

五

「今日は、こういう絵を描きたいのだけれど」

翌日、弓香が栗太に紙を差し出して言った。

見ると、草の中で娘が裾をめくってしゃがみ込み、周囲を気にしながらゆばりを放っている絵だった。

細かな表情や裾のシワ、ゆばりの流れなどはまだ描き込まれていない。

恐らく藤乃屋からの依頼なのだろう。カラミばかりでなく、こうした何気ない仕草の中にある艶めかしさも春画の売りの一つらしい。

まして娘は誰かに見られたくないほど羞じらっているのに、構図は陰戸とゆばりが正面に描かれているのだ。

「ゆばりの飛び出る様子や角度も正確に描きたいので、私がそれをするからお前が描いてほしい」

弓香が言う。

確かに、ゆばりまで放つとなると、そうそう光には頼めないだろう。それに弓香は、栗太と二人だけで行いたいようだ。

もちろんこればかりは、いかに栗太が女装しても、ゆばりの様子は男女異なるから、ここはどうにも弓香が自分でするしかないのである。

「なるほど、難しい形ですけれど、やってみます」

栗太が言い、画帖と矢立《やたて》を持つと、弓香も立ち上がって勝手口から下駄を履《は》いて外に出た。すぐに股間を洗えるよう、井戸端に行く。

もちろん草むらの背景は、あとから別のものを描き加えるのだろう。

弓香は裾をめくってしゃがみ込み、その正面に栗太も腰を下ろして画帖を開いた。

「まずは、形を描いて。ゆばりは、出るときに言うから」

「承知しました」

言われて、栗太は彼女のしゃがみ込んだ姿を素描《そびょう》した。脚の開き具合や着物のシワに留意して描き、陰戸の様子もよく見て写し取った。

弓香も、顔を横に向けて誰かが来ないかという不安げな表情を作り、それも出来るかぎり忠実に描いた。

顔立ちや年齢は、弓香があとから生娘《きむすめ》のように描き換えるだろう。

「出そう……」

やがて弓香が息を詰めて言った。

「出始めから、終わりの方まで、いろんな様子をいくつか描いてみて……」

「はい、分かりました。いつでもどうぞ」

栗太は別の画帖に陰戸だけをいくつか描き、様々な角度でほとばしるゆばりを描く用意をした。

見ていると、弓香は懸命に息を詰めて尿意を高め、張り詰めた下腹をヒクヒクと波打たせた。陰唇の間から覗く桃色の柔肉が、すでに溢れはじめた淫水にぬめり、何度か迫り出すように盛り上がった。

「ああ……、出るわ……。しっかり見ていて……」

弓香が息を震わせて言い、血の気を失った内腿を緊張させた。

間もなく、黄金色《こがねいろ》の雫がポタポタと滴り、それがやがて一条《ひとすじ》の流れになり、ゆるやかな放物線となっていった。

栗太も、興奮している余裕はない。

しっかりと見据えては素早く描き写し、勢いを増した角度も目に焼き付けた。

土に泡立つ音が響いたが、弓香は羞恥と戦いながらも、誰にも見られていないふうを装い、しきりに周囲を気にする形を取った。

泡立つ水溜まりは、微《かす》かな斜面をゆるゆると流れ、弓香の股間から肛門の方まで雫が伝ってビショビショになった。なるほど、これでは男と違い、放尿後は紙が必要なのだと彼は実感した。

ようやく流れが下火になり、泡立つ落下音も弱まってきた。

その様子も急いで描き留めると、流れは完全に治まり、再び雫が滴るだけとなった。

と、その雫がツツーッと糸を引くように粘ついて落下してきた。溢れる蜜汁が混じりはじめたのだ。

しかし町娘の放尿だろうから、そこまで描かなくても良いだろう。

「描けた……？」

「はい。出来るかぎり多く描きましたので、あとで見ていただきます」

栗太は言い、画帖と筆を置いて、しゃがみ込んだままの彼女の手を取り、ゆっくりと立たせた。

弓香も、裾を濡らさぬよう持ち上げたまま、そろそろと井戸端まで戻った。

そして彼女は、洗えと言うふうに、裾を持ったまま彼の前に立ち尽くした。

栗太はしゃがみ込み、白い内腿を伝う雫に舌を這わせて舐め上げていった。

「ああ……」

弓香は小さく喘ぎ、片方の足を井戸のふちに載せ、股を開いた。

栗太は内腿の雫を全て舐め取ってから中心部に舌を這わせ、柔らかな茂みに鼻を埋め込んだ。

そこには、甘ったるい汗と新鮮なゆばりの匂いが沁み付き、その刺激が激しく彼を勃起させた。舌を這わせると、うっすらとしたゆばりの味があり、奥へ行くほどに淫水の淡い酸味が感じられた。

「いい……、もっと吸って……」

いつしか弓香は激しく喘ぎ、彼の頭に手を掛けて押しつけ、自らもグイグイと股間を突き出して密着させてきた。

栗太は腰を抱え、念入りに割れ目内部を隅々まで舐め、ゆばりの雫と蜜汁のヌメリをすすった。そしてオサネを吸い、すっかり弓香の体臭に酔いしれながら、止めどなく溢れる淫水を舐め取った。

「ここも……」

やがて弓香は片足を上げている姿勢に疲れたか、脚を下ろして言い、前屈みになって彼の顔に尻を突き出してきた。

栗太は両の親指でムッチリと双丘を開き、白く丸い尻の谷間に鼻を埋め込んだ。

昼前の陽射しの中で、美女の尻は何とも魅惑的に照らされていた。

薄桃色の蕾に鼻を押しつけ、秘めやかな微香を嗅ぎながら、舌先で収縮する襞を舐め回した。

「あうう……、奥も……」

弓香が懸命に蕾を開きながら言い、彼もヌルッと舌先を潜り込ませ、滑らかな内壁を味わった。

前も後ろも舐められ、もう弓香は淫気が治まらなくなったようだ。

「お前のも、舐めたい……」

弓香が言うので、栗太も立ち上がり、裾をめくって下帯を解いた。すると向き直った彼女が入れ替わりにしゃがみ込み、彼の腰を抱き寄せた。

すでに屹立している先端にしゃぶり付き、弓香は熱い息を彼の股間に籠もらせながら、喉の奥までモグモグと頬張っていった。

「アア……」

栗太は、うっとりと快感に喘いだ。垣根の外を通る人から見られない場所とはいえ、屋外での色事は実に新鮮だった。

弓香は深々と呑み込んで、上気した頬をすぼめて吸い付き、内部では満遍なく舌を蠢かせ、生温かな唾液にまみれさせてくれた。栗太も高まり、もう我慢できないところまで来ると、それを察したように彼女が口を離した。

「入れて、後ろから……」

弓香が言い、再び彼に背を向け、大きく裾をからげて尻を突き出し、自分は屈み込んで井戸のふちに両手を突いた。

栗太も股間を進め、後ろから彼女の陰戸に先端を押し当て、ヌメリを分かち合いながら位置を定めていった。

「ああ……、早く……」

入れる前から弓香は喘ぎ、クネクネと尻を動かしてせがんだ。

やがて膣口に押し込み、栗太は心地よい摩擦を味わいながら深々と貫いていった。

「アアーッ……!」

根元まで潜り込ませると、弓香が背中を反らせて喘いだ。あまり大きな声だと隣近所に聞こえてしまうのではないかと心配しながら、栗太も美女の温もりと感触を心ゆくまで味わった。

するとと弓香の方から腰を前後させ、若い肉棒を締め付けてきた。

栗太も彼女の腰を抱えて股間を前後させ、急激に高まっていった。深く突き入れると、下腹部に尻の丸みが当たって弾み、それが何とも心地よかった。

次第に動きが速くなると、溢れる淫水が彼女の内腿を伝い、揺れてぶつかる彼のふぐりもネットリと濡らしてきた。

「い、いく……。ああーッ……！」

たちまち弓香が気を遣り、ガクンガクンと狂おしい痙攣を開始しながら膣内を収縮させた。その勢いに巻き込まれ、続いて栗太も昇り詰め、熱い大量の精汁を内部にドクドクと注入したのだった。

「あうう……、出ているのね。もっと出して、気持ちいい……」

内部に満ちる噴出で、駄目押しの快感を得たように弓香が言い、彼も心おきなく最後の一滴まで絞り尽くした。

そして深く突き入れて動きを止め、息づくような締め付けの中で余韻を味わった。

「ああ……、良かった……」

弓香は吐息混じりに言って、そのままクタクタと座り込んでしまい、その拍子に一物が抜け落ちた。

そのとき一陣の風に、画帖の絵が数枚舞い上がった。

「うわ、大変……」

近所の人にでも見られたら困るので、栗太は休憩する間もなく慌てて絵を追い、やっとの思いで拾い集めたのだった。

第五章　もだえ邪淫汁《じやいんじる》

一

「御免《ごめん》。こちらは村井弓香殿のお住まいですか」

栗太が一人で絵の稽古《けいこ》をしていると、いきなり女の声で訪《おとな》うものがあった。

弓香は、仕上げた絵を持っていくついでに、藤乃屋と今後の打ち合わせに行って不在だった。

「どちら様でございましょう」

栗太が玄関に出ると、年の頃なら二十半ばほどの、きつい目をした武家の女が立っていた。眉を剃《そ》り、お歯黒を塗っているから新造《しんぞ》である。

「お前は？」

「はい、当家の奉公人で栗太と申しますが」

「私は、村井澄枝《すみえ》。弓香殿の兄嫁だ。弓香殿はどこにいる」

彼女は、横柄《おうへい》な口調で言った。

少々目の吊り上がった狐顔《きつねがお》だが、色白の美形で、弓香以上に武家らしい風情《ふぜい》に凄《すご》みがあった。

「ここは絵師、井筒弓之助様の家です。そのような方は存じませんが……」

「黙れ！　町に出回っている春画が、女の描いたものだという噂《うわさ》が流れている。もし弓香殿であるならば当家の名に傷が付く」

澄枝は草履《ぞうり》を脱いで上がり込んできてしまった。

「こ、困ります……」

「のけ！　町人！　無礼討ちにしてくれようか！」

怖い目で睨《にら》まれ、栗太は突き飛ばされてよろけた。澄枝は、本当に今にも帯の懐剣《かいけん》を抜き放ちそうな勢いで奥へ入った。そこは弓香の仕事場だ。

「やはり春画が！」

澄枝は、散乱している描きかけの春画の数々を見下ろして言い、汚《けが》らわしそうに顔をしかめた。

「弓香殿はいつ戻る！」

「そのような方は存じません……」

「ああ、井筒何某《なにがし》でも構わん」

「帰るのは夕刻と伺いました……」

「ふん……、このようにいかがわしい絵を生業《なりわい》とするなど……」

澄枝は部屋に踏み込もうとした。それを栗太が身を挺《てい》して守った。この勢いでは、大切な絵を破かれかねないと思ったのだ。

「お待ち下さい。この部屋だけは、何人《なんぴと》たりともお入れするわけには参りません」

「なに！　小者の分際で逆らうか」

「町人だろうとも、仕事部屋は神聖なものでございますから」

「おのれ小賢《こざか》しい！」

澄枝はいきなり彼の頬を叩き、さらに足蹴《あしげ》にしてきた。

弓香も相当に気性が荒いが、この兄嫁はさらに輪をかけてひどかった。しかし、弓香の打擲《ちょうちゃく》に慣れ、それを快楽としている栗太は、それほど嫌ではなかった。

煌《きら》びやかな着物の裾《すそ》が舞い、生ぬるい風も顔中に感じられた。まして、武家を飛び出した弓香と違い、澄枝はれっきとした旗本の奥方なのである。

さらに蹴ろうと足を上げた澄枝が、いきなり胸を押さえて屈《かが》み込んでしまった。

「あ、どうなさいました……」

栗太は驚いて身を起こし、しゃがみ込んだ澄枝に近寄り背中をさすった。

「ええい、触るな！」

「お加減が悪いのでしたら、どうか横に……」

彼は言い、とにかく澄枝を支えながら仕事部屋から遠ざけ、自分の部屋へ招いて床を敷き述べた。

澄枝も布団の上に座り込み、じっと呼吸を整えた。

「帰宅は、夕刻と申したな」

「はい」

「ならば……」

澄枝は言うなりヨロヨロと立ち上がり、帯を解いて着物を脱ぎはじめた。

「お、奥方様……。いったい何を……」

栗太が驚いて言う間にも、彼女は着物を脱ぎ去り、紐《ひも》を解いて襦袢《ジュバン》の前を開いた。すると、何とも豊かな乳房が弾けるように露《あら》わになった。

見ると、大きめの乳輪が濃く色づき、乳首の先からは白い雫《しずく》が浮かび上がっているではないか。

「乳が張って苦しい。お前が吸うてくれ。落ち着いたら、今日のところは引き上げる」

「は、はあ……」

「さあ早く！」

澄枝は彼の手を引っ張って抱き寄せ、腕枕するように添い寝してきた。栗太も、驚きと混乱の中、いつの間にか怖い兄嫁の胸に抱かれ、乳首を含まされていたのだった。

とにかく硬くなった乳首を唇に挟み、張りのある膨《ふく》らみに顔中を押しつけながら夢中で吸った。

透けるように色白の膨らみは、うっすらと血管が透けて何とも艶《なま》めかしく、それに甘ったるい乳と汗の臭いが混じって鼻腔《びこう》を刺激してきた。さらに上からは、白粉《おしろい》のように刺激を含んだ甘い息も顔に吐きかけられた。

「もっと強く」

澄枝が言い、乳の出を良くするように自ら膨らみを揉《も》んだ。

ようやく栗太の舌に、ヌルリと生温かな乳汁《ちしる》が感じられはじめた。それはうっすらと甘く、彼の口の中にも甘ったるい乳の匂いが満ちてきた。

いったん吸う要領が分かると、あとは比較的楽に吸い出すことが出来、彼は飲み込みながら乳首を舐め回した。

「誰が舐めて良いと申した！　吸うのだ」

澄枝が険《けわ》しく言い、彼はパチンと頬を叩かれた。

栗太は慌てて舌を引っ込め、頬が痛くなるほど吸い続け、美しくも怖い武家女の乳汁で喉を潤《うるお》した。

「いいだろう。こっちも……」

やがて澄枝は言い、彼にのしかかるようにして、もう片方の乳首を含ませてきた。

栗太も吸い付き、最初はなかなか出なかったが、やがて上手《うま》く吸い出すことが出来るようになった。

彼女は、この家を探し当てるまで相当に歩き回ったのだろう。胸元はジットリと汗ばんで、腋《わき》の下からも濃厚な汗の匂いが漂っていた。

栗太は乳汁を吸い、顔中に柔らかな乳房の膨らみを感じ、甘ったるい体臭に包まれながらいつしかうっとりとなり、そして一物《いちもつ》は痛いほど突っ張ってきてしまった。

澄枝はなおも膨らみを揉み、溜まった乳汁を搾《しぼ》り出し、彼に飲ませ続けた。

「ああ……、だいぶ楽になった……」

彼女は言い、揉む手を休めた。しかし彼の顔は抱きすくめたまま、なかなか離してくれなかった。

「少しなら舐めても良い……」

言われて、栗太は乳首を含んだまま恐る恐る舌で触れ、膨れ上がった雫を舐め回した。

今度は怒られないので、次第に舌で転がすように、クリクリと弾みを付けて舐めた。

「アア……」

奥歯を噛みしめ、じっと熟れ肌を強《こわ》ばらせていた澄枝が、とうとう熱く喘《あえ》いだ。

「お前の舌は、良く動いて心地よい……」

澄枝はうっとりと言い、しきりに腰をくねらせ、彼の方に身体をくっつけてきた。

やはり子が生まれてしまうと亭主に相手にされなくなり、武家でも欲求が溜まってくるのだろう。

「栗太と申したな。お前は、春画のようなことをしたことがあるか……」

「と言いますと……」

栗太は、乳首から口を離して訊《き》いた。

「女の陰戸《ほと》を舐めるようなことだ」

「ご、ございません……」

嘘を言ったが、小柄で童顔だから信じてくれるだろう。まして澄枝は、この家の主《あるじ》が弓香だと確信していようとも、彼女とこの小僧に関係があるなどとは夢にも思っていないようだった。

「だが春画に描かれているのだ。したいと思うことはあるだろう」

「は、はい……。それは……」

「ならば、私にさせてやろう。嬉《うれ》しいか」

「はい、どうか是非《ぜひ》にも……」

栗太は、乳を吸われて徐々に淫気を高めはじめたらしい澄枝に、激しく興奮しながら頷《うなず》いた。そして彼が身を起こすと、澄枝は仰向けのまま腰巻の紐を解き、腰を浮かせて取り去ってしまった。

「あの、少しだけ、おみ足を舐めても構いませんか……」

栗太は胸を高鳴らせて言った。

「なに、なぜそのようなところを」

「女の方に触れるのは初めてですので、どのような味がするのかと……」

恐る恐る言うと、澄枝は苦笑した。

「おかしな男。足なら構わぬ」

仰向けで身を投げ出してきたので、栗太は屈み込み、足裏に顔を押しつけて舌を這わせ、指の股に鼻を割り込ませて嗅《か》いだ。やはり、さんざん歩き回ったらしく、指の間はジットリと汗と脂《あぶら》に湿り、蒸《む》れた匂いが濃く籠もっていた。

「どのような味がする」

「はい、ほんのりしょっぱくて、指は良い匂いが……」

「そうか、こっちもどうだ」

澄枝がもう片方の足も、栗太の鼻に押しつけてきたので、彼はそれぞれの爪先をしゃぶり、全ての指の間を舐め回した。

「ああ……。くすぐったくて、いい気持ち……」

澄枝がうっとりと喘ぎ、彼の口の中で唾液に濡れた指で舌をつまんできた。

やがて味わい尽くすと、栗太は腹這いになり、澄枝の脚の内側を舐め上げながら、顔を股間に潜り込ませていった。

二

「アア……、早く……」

大股開きになって見られるのが辛《つら》いのか、澄枝が急《せ》かすように言って喘いだ。内腿を舐め上げた栗太は、いよいよ旗本の奥方の陰戸に鼻先を迫らせて目を凝《こ》らした。

色白の肌に、黒々とした茂みが映え、割れ目からはみ出した陰唇は興奮に濃く色づいていた。

その陰唇も僅《わず》かに開き、中に覗《のぞ》いて息づく膣口は細かな襞に囲まれ、白っぽい粘液がまつわりついていた。そして包皮の下からは、小指の先ほどのオサネがツヤツヤとした光沢を放ち、ツンと突き立っていた。

栗太は、股間全体に籠もる熱気と湿り気を顔に受け、吸い寄せられるように茂みに鼻を埋《うず》め込んでいった。

柔らかな恥毛の隅々には、何とも甘ったるい汗の匂いと、残尿の刺激が馥郁《ふくいく》と入り混じっていた。

彼は胸いっぱいに嗅ぎながら舌を這わせ、陰唇の内側へと挿《さ》し入れていった。

舌先で襞の入り組む膣口をクチュクチュと掻き回すように舐め、淡い酸味の蜜汁にまみれた柔肉をたどってオサネまで舐め上げていった。

「あぁッ……！　そこ……」

澄枝がビクッと顔を仰《の》け反《ぞ》らせて喘ぎ、ムッチリと張りのある内腿でキュッときつく彼の顔を締め付けてきた。

栗太ももがく腰を抱え込んで舌先をオサネに集中させると、澄枝は激しく喘ぎながら身を反らせ、張り詰めた下腹をヒクヒクと波打たせて悶《もだ》えた。

「アア……、なんて心地よい……。これほどまでとは……」

澄枝が喘ぎながら口走った。してみると、夫に舐めてもらったことはないが、空想では何度もあれこれ思い浮かべ、自分でも密かに慰めていたのかも知れない。

オサネを舐めるとヌメリが増し、栗太はすすりながら執拗《しつよう》に舐め回し、さらに彼女の脚を浮かせた。

「失礼、このように……」

股間から言いながら栗太は、澄枝の白く丸い尻の谷間にも顔を押しつけていった。

奥でひっそり閉じられている薄桃色の蕾《つぼみ》に鼻を埋め込むと、汗の匂いに混じり、秘めやかな微香も感じられ、その刺激が直《じか》に一物に響いてきた。

舌を這わせると、細かな襞の震えが伝わってきた。

「あうう……、そのようなところまで……。アアッ！」

澄枝は、すっかり息を弾ませ、さらに舌先を潜り込ませると、キュッと肛門を締め付けて喘いだ。

嫌がっていないようなので、栗太は奥まで挿し入れ、ヌルッとした滑《なめ》らかな粘膜を味わいながら、舌を出し入れさせるように蠢《うごめ》かせた。

「ああ……、いい気持ち……」

澄枝はうっとりと喘ぎ、彼の鼻先の陰戸からはトロトロと新たな淫水を漏らした。

ようやく栗太は蕾から舌を離し、脚を下ろしながら溢《あふ》れる蜜汁をすすり、再び陰戸に舌を戻してゆき、オサネに吸い付いた。

「ま、待て。栗太……！」

身悶えていた澄枝が気を遣《や》りそうな寸前になって言い、彼もすぐに舌を引っ込めた。

「お前も脱げ……」

「は、はい……」

言われて、栗太は彼女の股間から這い出し、帯を解いて手早く着物を脱いで下帯《したおび》まで取り去った。すると澄枝が、彼を仰向けにさせた。

「大きい……。お前は私に淫気を……」

澄枝が、屹立《きつりつ》した一物を見下ろして言ったが、咎《とが》める色はなかった。

「申し訳ありません。あまりに陰戸が艶めかしく、良い匂いだったもので……」

「そうか、良い。これから入れるぞ。だが情交ではない。私があくまでお前を犯すのだ」

澄枝は武家らしい屁理屈《へりくつ》を言いながら、まずは彼の股間に顔を寄せてきた。

そして幹を握って口を迫らせ、トロトロと唾液を垂らして指で塗りつけた。

「ああ……」

生温かな唾液にヌラヌラとまみれ、栗太は身を震わせて喘いだ。

すると、あまりに彼の反応が良いので、澄枝は可愛く思ったか、とうとう先端をぺろりと舐めてくれた。

「あう……。お、奥方様……」

「心地よいか。もっとしてやろう。だが私の口に出したら手討ちにするぞ」

澄枝は、夫に出来ないことをする興奮に息を弾ませ、彼の亀頭にしゃぶり付いてきた。

そして熱い鼻息で彼の股間をくすぐりながら喉の奥まで呑み込み、上気した頬をすぼめて強く吸い、内部ではクチュクチュと舌を蠢かせた。

「く……！」

栗太は奥歯を噛みしめて呻《うめ》き、必死に暴発を堪《こら》えた。澄枝の愛撫はぎこちなく拙《つたな》いものだが、恐らく初めてしたであろう感激が栗太の胸にも伝わってきた。

やがて充分に唾液で濡らすと、澄枝はスポンと口を引き離し、そのまま身を起こして茶臼《ちゃうす》（女上位）で跨《また》ってきた。

幹に指を添え、自らの唾液に濡れた先端を陰戸にあてがい、息を詰めながらゆっくりと腰を沈み込ませてきた。

たちまち張り詰めた亀頭がヌルリと潜り込み、あとは自分の重みで、彼女はヌルヌルッと根元まで受け入れ、完全に座り込んで股間を密着させた。

「あぁーッ……！」

彼女は顔を仰け反らせて喘ぎ、キュッときつく締め付けてきた。

茶臼での交接も、恐らく生まれて初めてに違いない。澄枝はしばし温もりと感触を嚙みしめるように、目を閉じて肌を強ばらせていた。

栗太も、挿入時の肉襞の摩擦に危うく漏らしそうになるのを堪え、今は股間に武家女の温もりと重みを受け止めながら内部で幹を震わせていた。子を産んでいても、やはり締まりは良かった。

「ああ……、動いている……」

澄枝は言い、締め付けながらグリグリと股間をこすりつけるように動かしてから、そっと身を重ねてきた。

「お前……、可愛い奴……」

彼女は近々と顔を寄せて囁《ささや》き、ぺろりと彼の鼻の頭を舐め上げた。

栗太は快感にぼうっとして、お歯黒の歯並びから洩れる息の甘い匂いに、また危うく果てそうになってしまった。

「またお乳が出そう……」

澄枝が息を弾ませ、次第に腰を使いながら自ら濃く色づいた乳首をつまんだ。

すると霧状に飛んだ乳汁が生ぬるく彼の顔中に降りかかり、指の間からポタポタ滴《したた》る分も口に注がれてきた。

「吸って……」

澄枝はのしかかりながら彼に乳首を含ませ、徐々に腰の動きを激しくさせていった。大量に溢れる淫水が動きを滑らかにさせ、互いの股間からクチュクチュと湿った摩擦音も淫らに響いてきた。

「お、奥方様……。唾《つば》を飲みたい……」

「なぜ」

「口吸いはお嫌でしょうから……」

「嫌ではない。最初からそのように言えばよいものを」

澄枝は言いながら、上からピッタリと唇を重ねてくれた。そしてトロトロと大量の唾液を口移しに注いでくれ、ネットリと舌をからめてきた。

栗太は美女の息の刺激に酔いしれ、生温かく小泡の多い唾液で喉を潤しながら、激しく股間を突き上げた。

「い、いく……。もっと突いて、奥まで強く……。アアーッ……！」

とうとう澄枝が気を遣ってしまい、がくんがくんと狂おしい痙攣《けいれん》を開始しながら、膣内の収縮も最高潮にさせた。その勢いに巻き込まれ、続いて栗太も激しい絶頂の荒波に巻き込まれた。

「く……！」

突き上がる快感に呻き、彼はありったけの熱い精汁をドクドクと柔肉の奥へほとばしらせた。

「あう！　熱い、感じる、もっと……！」

奥深い部分に噴出を受け止めると、澄枝は駄目押しの快感を得たように口走り、飲み込むように膣内を締め付け続けた。やがて、栗太は心おきなく最後の一滴まで出し尽くし、徐々に動きを弱めていった。

「ああ……、良かった。こんなに良かったのは初めて……」

澄枝も満足そうに声を洩らし、熟れ肌の硬直を解きながらグッタリと彼にもたれかかってきた。

互いの動きは止まっても、膣内の締め付けは続き、それに刺激されて射精直後の一物が応えるようにピクンと震えた。そして栗太は彼女の温もりと重みを受け止めながら、かぐわしい息を間近に嗅ぎ、うっとりと快感の余韻を嚙みしめた。

「これほどまでに心地よいとは知らなかった……」

澄枝が、荒い呼吸とともに呟《つぶや》いた。そういえば弓香も、初めての時このような感想を洩らしたものだった。やはり武家同士は、慎《つつし》みばかり先に立ち、控えめな行為しかしていないから物足りないのだろう。

「よいか、栗太。お前の最初の女はこの私だ。だが、決して誰にも言ってはならぬぞ」

「はい、承知してございます……」

言われて栗太が答えると、澄枝は満足げに頷き、もう一度彼の口にヌラリと艶めかしく舌を這わせてくれた。

三

「ど、どうした、栗太。その痣《あざ》は……」

帰宅した弓香が、出迎えた栗太の顔を見て言った。

あれから澄枝が帰ってゆき、栗太は井戸端で水を浴び、懸命に澄枝の体臭や乳汁の匂いを消したのだった。それでも、叩かれたり蹴られたりした顔の痣は消しようもなく、弓香も目ざとく気づいて驚いたようだ。

「はい、村井澄枝様という方がお見えになり」

「なに、義姉《あね》が……」

弓香は眉を険しくさせ、彼から詳しい話を聞き出した。

「そうか、藤乃屋は秘密を守ってくれるから、恐らく山水堂あたりでしつこく聞いたのだろう。やはり元武家女の春画描きなどという噂が、自然に流れてゆくのだな……」

「しかし私は、ここは井筒弓之助という人の家だと言い張りました。それでも乱暴に叩かれて」

「ああ、義姉は元は薙刀《なぎなた》道場の師範代を務め、たいそう気性の荒い女だ。二人目を産んだばかりで、多少は大人しくなったと思ったのだが、やはり家名第一で、僅かの瑕疵《かし》も許さぬ堅物《かたぶつ》のままか。いや……」

「なにか」

「あるいは、金が目当てだったかも知れない。旗本といっても、さして潤っているわけではない。幼子を二人抱えての暮らしは楽ではなかろう。いかがわしい生業には目をつぶるから、幾ばくか用立てろと言いに来たのかも」

「そんな……」

「武家の長男に嫁《か》した嫁とは、そうしたもの。何より家と子が大事だからな」

弓香は、自分もかつてそうした立場だったことを懐古《かいこ》するように言った。

そして栗太の顔を胸に抱きすくめ、痣のある唇の端に舌を這わせてくれた。

彼は澄枝の残り香に気づかれるのではないかとヒヤヒヤしていたが、弓香は、よもやあの兄嫁が栗太と淫らなことになどなるはずがないと確信しているようだ。

「ああ、可哀相に。痛かったろう……」

弓香は、熱く甘い息で囁きながら彼の頬を舐め回し、やがてピッタリと唇を重ねて押し倒してきた。

自分が感情にまかせて栗太を打擲するのはよいが、他の女にされるのは我慢がならないらしい。会話が途切れると、あとは湧き上がった淫気に任せ、弓香は互いに全裸になって栗太を貪《むさぼ》りはじめた。

充分に舌をからめてから、彼女は栗太の乳首を舐め、何度も慈《いっく》しむように噛んでから、肌を舐め下り、股間に熱い息を籠もらせて一物にしゃぶり付いてきた。

「アア……」

栗太は喉の奥まで呑み込まれ、温かな口の中で舌に翻弄《ほんろう》されながら喘いだ。

弓香は強く吸い付き、生温かな唾液で彼自身をまみれさせ、くわえたまま身を反転させてきた。

やがて女上位の二つ巴《どもえ》となり、彼女は栗太の顔に跨って股間を迫らせた。

栗太も下から彼女の腰を抱え、まずは茂みに鼻をこすりつけ、柔らかな感触と濃厚な体臭を味わった。

今日は外をさんざん歩き回っていたから、さすがに甘ったるい汗の匂いが濃く籠もり、ゆばりの匂いも程よく混じっていた。

栗太は美女の匂いで鼻腔を満たしてから、熱く濡れた陰戸に舌を這わせ、溢れる淡い酸味の蜜汁をすすった。そして突き立ったオサネを舐め回すと、

「ンンッ……！」

含んでいた弓香が尻をくねらせて呻き、熱い鼻息でふぐりをくすぐりながらチュッと強く亀頭に吸い付いてきた。

栗太は快感に幹を震わせ、負けまいと執拗にオサネを吸った。さらに伸び上がり、白く滑らかな尻の谷間に鼻を埋め、可憐《かれん》な薄桃色の蕾に籠もる微香を嗅ぎ、舌を這わせてヌルッと押し込んだ。

そして前も後ろも激しく舐め回すうち、

「アアッ……！」

降参するように弓香が口を離し、顔を上げて喘いだ。

そのまま彼女は身を起こして向き直り、茶臼で跨り、唾液に濡れた一物を陰戸に受け入れていった。血は繋《つな》がっていない姉妹だが、どちらも似た感じなので、栗太は澄枝か弓香か混乱してきてしまった。

「ああッ……！　いい気持ち……」

完全に腰を沈み込ませて股間を密着させ、根元まで柔肉にくわえ込んだ弓香が、顔を仰け反らせて喘いだ。

栗太も、熱く濡れた膣内にキュッと締め付けられて必死に暴発を堪えた。

弓香は腰を動かしながら身を重ね、胸を突き出し、色づいた乳首を彼の口に押しつけてきた。栗太も下からしがみつきながら乳首を含んで吸い、顔中を膨らみに埋め込みながら舌で転がした。

左右の乳首を交互に吸い、さらに腋の下にも顔を埋め込むと、腋毛の隅々には甘ったるい汗の匂いが馥郁と籠もっていた。

「もっと、突いて……」

弓香が腰の動きを激しくさせながら喘ぎ、彼もズンズンと股間を突き上げた。

大量に溢れる淫水が互いの股間をビショビショにさせ、伝い流れるヌメリが彼の内腿まで生温かく濡らしてきた。

「アア……、気持ちいい……。すぐいきそう……」

弓香が、湿った音を立てながら動き続け、熱く甘い息で喘いだ。

栗太が白い首筋を舐め上げ、湿り気ある息の洩れる口に鼻を押しつけると、彼女もヌラヌラと彼の鼻の穴を舐め回してくれた。

「い、いく……！」

栗太は、心地よい肉襞の摩擦と締まりの良さ、美女の唾液と吐息に酔いしれながら口走り、たちまち絶頂に達してしまった。そして快感に身悶えながら、熱い大量の精汁をドクドクと弓香の内部にほとばしらせた。

「あう、感じる……、もっと……。アアーッ……！」

奥深い部分に精汁の直撃を受け、弓香も続いて激しく気を遣り、ガクガクと狂おしい痙攣を繰り返して膣内を締め付け続けた。

栗太は心おきなく最後の一滴まで出し尽くすと、ゆっくりと動きを止めて力を抜いていった。

「ああ……」

弓香も満足げに声を洩らし、グッタリと彼に身体を預けてきた。

彼は熱く湿り気ある息を嗅ぎながら快感の余韻に浸り、まだ収縮する内部でヒクヒクと一物を震わせた。

「明日にも、家へ行ってくるわ……」

重なったまま、弓香が荒い呼吸とともに言った。

「大丈夫なのですか……」

「ええ、正直に言ってお金を持っていけば、もうここへは来ないでしょう。変に隠し立てすると、いつまでも探られるから……」

弓香は言い、覚悟を決めたようにキュッと彼を締め付けてきた。

四

「何だか怖い女の人だったわ。女の絵師の家はどこかって何度も訊くの。最初は知らないって言い張ったのだけれど、おっかさんも居ないときだったから怖くて」

翌日、光がやってきて言った。

弓香は多少の金を持って、番町《ばんちょう》にある実家、村井家へ出かけたところだった。

「それで教えてしまったんだね。構わないよ。あれは弓香先生の兄嫁なんだ」

「そうなの……」

「ああ、だから今、先生は実家へ行って話し合っている。兄嫁は、何か急な用事でもあって先生を探していたんだろう」

「それなら良いけれど」

光も安心したように言い、栗太は激しい淫気を催《もよお》した。

まったく食うや食わずだった国許にいる頃から比べると、夢のような暮らしである。今は三食に困らず、雨風凌《しの》げる家に寝起きし、さしたる力仕事もせずに、何人もの女体に欲望が向けられるのだ。

昨日は二十《はたち》歳半ばの新造に、栗太の主人である弓香も抱き、というより弄《もてあそ》ばれ、今日は十七の町娘を自由に出来るのである。

どうせ弓香も昼までは帰ってこないだろう。仮に、情交の最中に帰ってきたにしても、光は日頃から三人で戯《たわむ》れている相手だし、また弓香の悋《りん》気《き》に打擲されることもまた妖《あや》しい快楽なのだった。

「ね、少しだけいい……？」

栗太は光の手を握って自分の部屋に招き、万年床に並んで座った。

彼女も今日は画材の配達でもなく、昨日の報告に来ただけだろうが、それほど急いで帰ることもないのだろう。光も言いなりになり、迫られるまま彼に身を預けてきた。

一緒に添い寝して唇を重ねると、光は睫毛《まつげ》を伏せ、甘酸っぱい息を弾ませて彼の舌を受け入れた。

栗太はネットリと舌をからめ、美少女の可愛らしい果実臭の息を嗅ぎながら、生温かな唾液に濡れた舌を味わった。そして身八口《みやつくち》から手を挿し入れて中を探り、柔らかな乳房をたどりながら、ぽっちりした乳首を指の腹でクリクリといじった。

「ああン……！」

光が口を離し、熱く喘いで仰け反った。

「ね、脱ごう」

栗太はいったん離れて言い、気が急くように先に帯を解いて、着物と下帯を脱ぎ去ってしまった。光も起き上がって帯を解き、手早く着物を脱ぎはじめた。

やがて互いに一糸《いっし》まとわぬ姿になると、再び二人で横になり、栗太は美少女の胸に顔を埋め込んだ。

可憐な桜色の乳首に吸い付き、舌で転がしながらもう片方をまさぐった。

「アアッ……」

光が顔を仰け反らせて喘ぎ、栗太は生ぬるく甘ったるい美少女の体臭に酔いしれながら念入りに愛撫した。もう片方も含んで吸い、顔中を張りのある膨らみに押しつけると、奥から忙《せわ》しげな鼓動《こどう》が伝わってきた。

さらに腋の下にも顔を埋め込み、柔らかな和毛《にこげ》に鼻をこすりつけると、可愛らしい汗の匂いが濃く籠もっていた。

「いい匂い」

「やあん……」

思わず言うと、光はビクリと震え、羞恥に声を洩らした。

栗太は心ゆくまで美少女の匂いを嗅いでから柔肌を舐め下り、臍《へそ》を舐め、張り詰めた下腹から腰、ムッチリとした太腿に移動していった。

健《すこ》やかにニョッキリと伸びた脚を舐め下り、足裏に顔を埋め、舌を這わせながら指の股に鼻を割り込ませると、ここも汗と脂に湿って蒸れた芳香が濃厚に籠もっていた。

爪先にしゃぶり付き、指の股に舌を潜り込ませて味わうと、

「アア……。駄目よ、汚いのに……」

次第に光は朦朧《もうろう》となって喘ぎ、彼の口の中で爪先を縮こめた。

栗太は両足ともしゃぶり尽くすと、彼女をうつ伏せにさせ、踵《かかと》から脹《ふく》ら脛《はぎ》、ヒカガミから太腿を舐め上げていった。

年上の女と違い、初物を奪った光だけは、このように自由に愛撫が出来るから、なおさら隅々まで味わって愛《め》でたいのだった。

尻の丸みを舐め上げ、たまにキュッと歯を立てると、

「く……」

光は顔を伏せたまま呻き、ぴくっと尻を震わせた。

栗太が腰から背中を舐め上げると、滑らかな肌はうっすらと汗の味がした。

肩まで行って髪の匂いを嗅ぎ、耳とうなじを舐めてから引き返し、彼は美少女の尻の谷間に顔を埋め込んだ。

ひんやりとした丸みに顔中を密着させ、両の親指で谷間を開き、奥でひっそり閉じられている薄桃色の蕾に鼻を埋め込むと、秘めやかな微香が籠もっていた。

彼は美少女の恥ずかしい匂いを嗅いでから舌先でくすぐるように肛門を舐め、細かに震える襞を味わい、さらに内部にも潜り込ませた。

「あう……、駄目……」

光が尻をくねらせて呻き、栗太は構わずヌルッとした粘膜まで舐め回し、舌を出し入れさせるように蠢かせた。

そして充分に愛撫すると、再び彼女を仰向けにさせ、片方の脚を潜り抜けて股間に顔を寄せた。彼の息に楚々《そそ》とした若草がそよぎ、すでに初々《ういうい》しい陰戸は大量の蜜汁にヌラヌラと潤っていた。

指を当てて陰唇を開くと、ヌメリに指が滑りそうになり、奥では襞の入り組む膣口が息づき、オサネも愛撫を待つようにツンと突き立って綺麗な光沢を放っていた。

栗太は顔を埋め込み、柔らかな茂みに鼻をこすりつけた。汗とゆばりの混じった匂いを嗅ぐと、その刺激が一物に心地よく伝わってきた。

舌を這わせ、淡い酸味のヌメリをすすり、膣口からオサネまで舐め上げていくと、

「あぁッ……、き、気持ちいいッ……」

光が身を反らせて熱く喘いだ。

栗太は悶える腰を抱え込んで押さえ、執拗にオサネを舐め上げた。白い下腹がヒクヒクと波打ち、滑らかな内腿が彼の顔を挟みつけてきた。

蜜汁は大洪水になり、彼は舌先でチロチロとオサネを刺激しながら、指を膣口に入れて内部の天井をこすった。

「あうう……、駄目。何だか漏らしちゃいそう……」

光が腰を跳ね上げて呻いた。

「いいよ、漏らしても」

栗太は股間から言い、なおも指を動かしながらオサネを吸った。

「アア……、本当に駄目……。ああーッ……！」

光は気を遣りながら身を反らせ、チョロチョロとゆばりを放ってしまった。

彼は淫水混じりのそれをすすり、飲み込みながら指を引き離し、彼女の痙攣が治まるのを待った。

噴出が止《や》むと、栗太はビショビショになった陰戸を舐め回してから股間を離れ、光に添い寝していった。

彼女はまだ肌を震わせ、息も絶えだえになって悶えていた。

栗太は彼女の呼吸が平静に戻るのを待ってから、手を握って一物に導いた。

光もニギニギと動かしてくれ、彼が徐々に顔を一物に押しやると、素直に移動して唇を寄せてきた。

股間に熱い息がかかり、先端に滑らかな舌が這い回った。

「ああ……」

栗太はうっとりと喘ぎ、完全に受け身の体勢になった。

彼が喘ぐと光は嬉しそうに愛撫を強め、亀頭にしゃぶり付き、喉の奥まで呑み込んでくれた。内部でも舌が蠢き、栗太自身は生温かく清らかな唾液にまみれながらヒクヒクと震えた。

さらに彼女は吸い付きながらチュパッと口を離し、ふぐりにも舌を這わせ、充分に睾丸《こうがん》を転がし、優しく吸って袋全体も唾液に濡らしてくれた。

やがて充分に高まると、栗太は彼女の手を引いて引き上げ、茶臼で一物を跨がせた。

光も素直に先端を陰戸に受け入れ、ゆっくりと腰を沈めてきた。たちまち肉棒はヌルヌルッと滑らかに根元まで呑み込まれ、

「アアッ……！」

光は顔を仰け反らせて喘ぎ、完全にぺたりと座り込んで股間を密着させた。

栗太は彼女を抱き寄せ、ズンズンと股間を突き上げながら彼女の唇を求め、甘酸っぱい息を嗅ぎながら舌を吸った。

くれた。

「ンン……」

光も腰を使いながら熱く鼻を鳴らし、清らかな唾液と吐息を惜しみなく与えてくれた。

「もっと出して……」

口を触れ合わせながら囁くと、光は愛らしい唇をすぼめ、白っぽく小泡の多い唾液をトロトロと垂らしてくれた。ぷちぷちと弾ける小泡の一つ一つには可憐な果実臭が含まれ、栗太はうっとりと味わいながら喉を潤した。

その間も律動は続き、新たに溢れた淫水に彼の内腿から布団まで生温かく濡れた。

「い、いきそう……」

すっかり快感に目覚めた光が喘ぎ、栗太も高まりながら突き上げを強めた。

膣内の収縮も活発になり、光は絶頂を迫らせて身悶えた。

栗太が美少女のかぐわしい口に鼻をこすりつけると、光もヌラヌラと滑らかに舌を這わせてくれた。さらに顔中まで唾液にまみれると、彼は急激に昇り詰め、大きな絶頂の快感に貫かれてしまった。

「く……！」

激しく気を遣りながら呻き、ありったけの熱い精汁をドクドクと柔肉の奥へほとばしらせると、

「い、いく……、気持ちいいわ。アアーッ……！」

同時に光も声を上ずらせて喘ぎ、がくんがくんと狂おしい痙攣を開始して一物をきつく締め上げてきた。栗太は心おきなく出し尽くし、すっかり満足して徐々に動きを弱めていった。

「ああ……」

光も声を洩らしながら動きを止め、グッタリと彼に重なって身体を預けてきた。

栗太は重みと温もりを受け止め、甘酸っぱい息を嗅ぎながらうっとりと快感の余韻に浸り込んでいった。

膣内はまだキュッキュッと締まり、射精直後の亀頭が刺激され、彼も応えるようにヒクヒクと幹を内部で上下させた。

「気持ち良かったわ……。力が、入らない……」

光は精魂《せいこん》尽き果てたように呟き、もたれかかったまましばらくは動けないようだった。

栗太もじっとしたまま、すっかり本格的な快感に目覚めた光を愛《いと》しく思い、い

つまでも彼女を乗せたまま互いに荒い呼吸を繰り返していた。

五

「やはり金だった。今日持っていった分では足りないらしい」

昼に帰宅した弓香が、手文庫から金を出しながら言った。

「ま、まだ渡すのですか……」

栗太は、心配して言った。一族から爪弾《つまはじ》きにされたような弓香が、そんな家のために金を出すのが悔《くや》しいのである。

「ああ、兄も身体が弱いから何かと医者代がかさむようだが、これきりだ。この金と引き替えに私は勘当してもらう。あとは、もう村井家とは何の関わりもない」

弓香が五十両を出して言い、袱紗《ふくさ》に包んだ。

「私は藤乃屋に頼まれた急ぎの仕事がある。これをお前が持っていってくれ」

「はい……」

「嫌な役目だ。用が済んだらお前は、今日は夕方まであちこち見物してくるといい」

弓香は言い、駄賃《だちん》に一分銀も出してくれた。

「そんな、要りません……」

「良いのだ。仕事にかかる。早く行け」

「はい。では行って参ります」

栗太は辞儀をし、ずしりと重い五十両を懐中に入れ、一分銀を袂《たもと》に入れて出て行った。

内藤新宿から番町までは四半刻（約三十分）足らずで、弓香から聞いた村井家はすぐに分かった。

裏口から訪うと、澄枝が出てきた。

「ご苦労様。お入り」

彼女は言い、金を渡してすぐ帰ろうと思っていた栗太も、恐る恐る旗本の屋敷に入った。

これは拝領屋敷だから贅沢《ぜいたく》な広さで、とても困窮《こんきゅう》しているようには見えないが、小女《こおんな》を置くこともしていないようだ。

虚弱な夫、弓香の兄も、今日は無理を押して出仕しているようだ。すでに両親は亡く、澄枝が村井家の一切を仕切っているのだろう。

二人の赤ん坊はよく眠っていた。

栗太は座敷に招き入れられ、弓香から預かった五十両を差し出した。先に弓香がいくら持ってきたのかは知らないが、これだけでも相当な大金である。

「確かに。では、これは絶縁状です」

澄枝は言い、一枚の書状を見せた。

それには今後一切、弓香は村井家と関わりがないという証明と、当主の署名がしてあった。してみると弓香の兄も承知で、この書状を用意していたのだろう。

もちろん全ては澄枝が計画し、夫に書かせたものに違いなかった。

「あれほど毛嫌いしていた小姑《こじゅうと》に、困窮を救われるとは……」

澄枝が嘆息して呟いた。

「弓香殿に、くれぐれもお礼を申しておくれ」

「分かりました」

栗太は答え、書状を畳んで懐中に入れた。

すると澄枝が立ち上がり、いきなり床を敷き延べると、手早く帯を解きはじめたのだ。

「え……」

「さあ、お前もお脱ぎ」

「構わないのですか。お屋敷で……」

ここは、澄枝にとって何より大切な城であり、また弓香の生まれ育った家でもある。

「ああ、良い。今日だけではない。毎月一のつく日は旦那《だんな》様が登城するから、お前も何かと口実を設けて来ておくれ。私はもう、お前に夢中……」

澄枝は頬を染めて言い、もどかしげに着物を脱ぎ捨て、襦袢と腰巻まで取り去りはじめた。

栗太も恐る恐る帯を解いて着物を脱いだが、旗本屋敷の中でするなど夢にも思わず、緊張に指先が震えた。

やがて澄枝は一糸まとわぬ姿になり、同じく全裸になった栗太を抱きすくめて、一緒に布団に横たわり、もつれ合った。今日も濃く色づいた乳首からは白い雫が浮かび、肌からは甘ったるい匂いが濃厚に漂っていた。

「アア……、可愛い……。昨日は叩いて済まなかった……」

澄枝は彼に腕枕をし、豊かな胸にきつく抱きすくめて熱く囁いた。そして頬を撫《な》でながら顔を上向かせ、ピッタリと唇を重ねてきた。

甘い息の匂いに混じり、お歯黒の金臭い成分も刺激的に彼の鼻腔をくすぐり、ヌルリと肉厚の舌が潜り込んできた。

栗太は受け入れ、ネットリと舌をからめながら、武家女の唾液と吐息にうっとりと酔いしれ、ようやく緊張も解けてムクムクと激しく勃起してきた。

「ンン……」

澄枝は熱く鼻を鳴らし、執拗に彼の口の中を舐め回し、熟れ肌をグイグイと密着させてきた。そしてようやく唇を離すと、彼の顔を胸に押しつけた。

「さあ、吸って……。またいっぱい飲んでおくれ……」

澄枝が囁き、栗太も雫の滲む乳首に吸い付いた。顔中を張りのある膨らみに押しつけて舐め回すと、彼女もまた乳汁を搾り出すように膨らみを揉んだ。

もともと乳汁の多いたちなのか、栗太がいくら飲んでも、赤ん坊の分が足りなくなることはないようだ。

吸ううち、ようやく生ぬるい乳汁が彼の舌を濡らし、薄甘い味とともに口の中に甘ったるい匂いが満ちてきた。

栗太は頬が痛くなるほど吸い付いて飲み込み、もう片方も含んで心ゆくまで味わった。

「ああ……、好きにして……」

やがて澄枝は喘ぎながら仰向けになって言い、身を投げ出してきた。

栗太は腋の下にも顔を埋め、腋毛に鼻をこすりつけ、濃厚な汗の臭いを嗅いでから脇腹を舐め下りていった。

どこに触れても、澄枝はビクリと敏感に反応して肌を震わせ、うねうねと腰を浮かしはじめた。栗太は臍を舐め、張り詰めた下腹から腰、太腿へと降り、脚をたどって足裏に顔を埋め込んだ。

指の股は、今日も汗と脂に湿って蒸れた芳香を濃く籠もらせていた。

爪先にしゃぶり付き、順々に指の間に舌を割り込ませていくと、

「あう……、くすぐったい……」

澄枝は顔を仰け反らせて喘ぎ、ヒクヒクと下腹を波打たせて反応した。

栗太はもう片方の足もしゃぶり、味と匂いが消えるまで貪った。そして腹這いになり、脚の内側を舐め上げながら股間に顔を進めていった。

澄枝は内腿を震わせながら、僅かに立てた両膝を全開にさせた。小者相手に羞恥を感じる必要などないという矜持《きょうじ》と、やはり人の顔の前で自ら股を開くという

抵抗感に揺れているようで、栗太には何とも新鮮な感じがした。

黒々と艶《つや》のある茂みは、下の方が淫水に濡れ、割れ目からはみ出す陰唇も濃く色づいてネットリと蜜汁にまみれていた。

栗太は柔らかな茂みに鼻を埋め込み、汗とゆばりの混じった濃厚な体臭を嗅ぎ、舌を這わせて淡い酸味のヌメリをすすった。

「アアッ……！」

膣口からオサネまで舐め上げると、澄枝が声を上げ、内腿できつく彼の顔を締め付けながら身を弓なりに反らせた。

栗太は女の匂いに噎《む》せ返りながら執拗にオサネを舐め、さらに腰を浮かせ、白く豊満な尻の谷間にも顔を迫らせていった。奥には、薄桃色の蕾がひっそりと閉じられ、鼻を埋め込むと秘めやかな香りが刺激的に鼻腔をくすぐってきた。

舌を這わせ、細かに震える襞を濡らしてから奥にもヌルッと押し込み、滑らかな粘膜を味わった。

「く……、いい気持ち……。もっと……」

澄枝は、次第に羞恥心よりも快楽を優先させて言い、肛門で彼の舌を締め付けてきた。栗太は充分に舌を蠢かせてから、再び陰戸に戻って淫水を舐め取り、オサネに吸い付いていった。

「ま、待って、栗太……。私が上に……」

気を遣りそうになると、それを惜しむように澄枝が言い、身を起こしてきた。

彼も入れ替わって仰向けになると、澄枝がすぐにも一物に屈み込んできた。

先端を舐め回し、亀頭を含んで貪るように吸い付いた。

「あぁッ……」

栗太は顔を仰け反らせて喘ぎ、武家女の口腔に深々と呑み込まれていった。

澄枝は喉の奥まで含み、上気した頬をすぼめて貪るように吸い、モグモグと唇を動かしながら、内部ではクチュクチュと舌をからめてきた。

そして充分に唾液にまみれさせると、スポンと口を引き離し、身を起こしてためらいなく一物に跨ってきた。濡れた先端を陰戸にあてがい、息を詰めてゆっくりと腰を沈め、たちまち彼自身は柔肉に吸い込まれていった。

「ああーッ……！　なんて、いい……」

澄枝が股間を密着させ、熱く濡れた膣内でキュッと締め付けながら喘いだ。

栗太も肉襞の摩擦と、二人の子を産んでなおきつい締まりの良さに陶然《とうぜん》となり、暴発を堪えた。

彼女は身を重ね、乳汁の滲む乳首を突き出してきた。栗太も顔を上げて吸い付き、生ぬるい乳汁で喉を潤した。

「アア……、噛んで……」

澄枝が声を上ずらせて言い、腰を動かしはじめた。

栗太も股間を突き上げながら、コリコリと小刻みに歯で刺激し、乳首の左右とも充分に愛撫した。

「い、いく……」

澄枝は完全に肌を重ね、彼の肩に腕を回して抱きすくめながら口走り、本格的に腰を使いはじめた。栗太も甘い息を嗅ぎながら律動を激しくさせ、クチュクチュと淫らに湿った摩擦音を繰り返した。

「き、気持ちいいッ……。アアーッ……！」

たちまち澄枝が喘ぎ、ガクンガクンと狂おしい痙攣を開始して、膣内の収縮も最高潮にさせた。その勢いに栗太も巻き込まれ、大きな絶頂の快感に貫かれてしまった。

「く……！」

快感を噛みしめて呻きながら、熱い大量の精汁を内部にほとばしらせると、

「あうう……、もっと……」

噴出を感じた澄枝は駄目押しの快感を得たように呻き、身悶え続けた。

全て出し切った栗太は、溶けてしまいそうな心地で力を抜き、澄枝も動きを止めて満足げに彼にもたれかかってきた。

互いに動きが止まっても、彼女の全身には何度か大波が押し寄せてくるようにビクッと熟れ肌が震えた。

「弓香殿の家になど、帰したくない……」

澄枝は荒い呼吸とともに囁き、名残惜《なごりお》しげに一物を締め付けてきた。

栗太は、熱く甘い息で鼻腔を満たしながら、うっとりと快感の余韻に浸った。

そして弓香以上に情の深い武家女に組み伏せられ、思わず身震いしたのだった。

第六章　ほてり色草紙《いろぞうし》

一

「栗太、こうして……」

弓香が、彼を仕事場に呼んで言い、いま描いている絵の形を取らせた。

「全部脱いで、四つん這いになってお尻を突き出して」

「は、はあ……」

どうやら、藤乃屋から頼まれた急ぎの仕事は、陰間《かげま》の交わりらしい。

栗太は全裸になり、うつ伏せで彼女の方に尻を持ち上げた。恥ずかしいし、恩人に尻を向けるのも気が引けたが、何しろ一物《いちもつ》は激しく勃起してしまった。

すると弓香は絵筆を置いて彼の背後から迫り、両の親指でグイッと尻の谷間を開いてきた。彼が顔を伏せたままじっとしていると、そこに熱い息がかかり、ヌルリと舌が触れてきた。

「あう……」

栗太はビクッと尻を震わせて呻《うめ》いた。

弓香はヌラヌラと彼の肛門を舐めてから、内部にも舌を潜り込ませ、出し入れさせるように動かしてきた。それは愛撫というより、唾液の固まりを舌で中に押し込んでいるようだった。

栗太は心地よさに息を弾ませ、肛門でモグモグと美女の舌を締め付けた。

長い愛撫が続き、ようやく弓香は舌を引き離したが、今度は舐めて濡らした指をズブリと押し込んできたのだ。

「く……、先生。ご勘弁を……」

「痛い？」

彼が降参するように身悶《みもだ》えると、弓香は言いながらも、構わずに指を奥まで潜り込ませてきた。

「あうう……」

栗太は痛み混じりの異物感に呻き、クネクネと尻を動かした。

弓香は、根元まで押し込んでは内部で指先を蠢《うごめ》かせたり、あるいは浅いところまで引き出し、入り口付近で小刻みに出し入れさせるように動かしてきた。

「これも痛い？」

「いえ、それは少し楽で、気持ちいいです……」

違和感はあるが、入り口付近は比較的快感が得られた。

「まあ、縮んでしまったわ。可哀相に……」

弓香は、もう片方の手でふぐりや一物を探り、萎縮《いしゆく》したことを知ると、ゆっくりと指を引き抜いてくれた。

「ああ……」

栗太は横向きになり、ほっとして声を洩らした。

すると弓香は屈《かが》み込み、戦《おのの》くように萎《な》えた一物を含み、クチュクチュと舌で弄《もてあそ》んでくれた。すると、まだ肛門内部に異物感が残っているものの、口腔《こうこう》の温かさと舌の滑《なめ》らかさに肉棒はすぐにもムクムクと勃起してきた。

「アア……、気持ちいい……」

栗太がうっとりと喘《あえ》ぐと、弓香は充分にしゃぶり、元の大きさに戻るとスポンと口を離した。そして立ち上がり、自分も帯を解いて手早く着物を脱ぎ、襦袢《ジユバン》も腰巻も取り去って一糸《いつし》まとわぬ姿になった。

もう仕事はそっちのけで、淫気が高まってしまったらしい。

彼女は添い寝し、胸に栗太の顔を抱き寄せながら乳首を吸わせた。栗太も夢中になって吸い付き、舌で転がした。

「あぁッ……、いい……」

弓香もすぐに喘ぎはじめ、甘ったるい体臭を悩ましく揺らめかせて悶えた。

栗太は両の乳首を交互に吸い、柔らかな膨《ふく》らみに顔中を埋め込んで感触を味わい、さらに腋《わき》の下にも顔を埋め込んで濃厚な汗の匂いに酔《う》いしれた。

すると弓香が、身悶えながら彼の顔を股間まで押しやった。すぐにも快感を得たいようだった。

栗太も素直に彼女の肌を舐め下り、大股開きになった股間に顔を迫らせた。

早くも陰戸《ほと》はヌメヌメと大量の蜜汁にまみれ、艶《なま》めかしい匂いを含んだ熱気と湿り気が満ちていた。

茂みに鼻を埋め込むと、汗とゆばりの匂いが濃く鼻腔を刺激し、舌を這わせるとトロリとした淡い酸味の蜜汁が口に流れ込んできた。彼はヌメリをすすりながら膣口を舐め、オサネにも吸い付いた。

「あう……、もっと強く……」

彼女は身を反らせて喘ぎ、グイグイと彼の顔を股間に押しつけた。

栗太は上の歯で包皮を剝《む》き、露出した突起を小刻みに弾きながら吸った。淫水の量が増し、彼は味と匂いを堪能し、執拗《しつよう》にオサネを愛撫した。

さらに脚を浮かせ、白く豊満な尻の谷間にも顔を押しつけ、可憐《かれん》な蕾《つぼみ》に鼻を埋め込んで嗅《か》いだ。秘めやかな微香を味わい、舌を這わせて内部にもヌルッと押し込んだ。

「あう……」

弓香が呻き、肛門できつく彼の舌を締め付けてきた。

栗太は、さっき彼女がしたように唾液を中に押し込むようにして舌を蠢かせた。すると陰戸からは新たな蜜汁が溢《あふ》れ、彼は雫《しずく》をすすりながら再びオサネに吸い付いていった。

「お尻に、指を入れて……」

弓香が言うので、栗太はオサネを舐め回しながら、唾液に濡れた肛門に指を押し込み、出し入れさせながら根元まで入れていった。

「く……、いい気持ち……」

弓香は呻きながら彼の指を締め付け、栗太はもう片方の指も膣内に押し込み、前後の穴を塞《ふさ》ぎながらオサネを刺激し続けた。

「アア……、も、もういきそう……。い、入れて……」

弓香が、我慢できなくなったように腰をよじってせがんだ。

栗太も前後の穴から指を引き抜いて身を起こすと、股間を進めて先端を膣口に押し当てた。そして感触を味わいながらゆっくりと挿入し、肉襞の摩擦を噛みしめた。

「アアッ……！」

深々と押し込んで股間を密着させると、弓香が身を反らせて喘ぎ、熱く濡れた柔肉でキュッと締め付けてきた。

栗太も身を重ね、唇を重ねて甘い息と唾液を貪《むさぼ》りながら腰を突き動かしはじめた。

「ンンッ……」

弓香も彼の舌に吸い付いて熱く鼻を鳴らし、ズンズンと股間を突き上げてきた。

互いの律動が一致し、ぬめった摩擦音と肌のぶつかる音が入り混じり、二人は激しく高まっていった。

しかし、いきなり弓香が動きを止め、彼の動きも制したのである。

「待って……」

「はい、どうしました……」

「お尻の穴に入れて……」

「え……？　大丈夫なのですか……」

弓香が言い、本手《ほんて》（正常位）で繋《つな》がったまま、自ら両脚を浮かせて抱え込んだ。

身を起こした栗太は、ゆっくりと肉棒を引き抜いた。

彼女は、恐らく陰間の気持ちを体験しようと思ったのだろう。情交の最中も仕事を忘れないことに、栗太は少し寂しい気持ちがした。

それとは別に、後ろの蕾を犯す好奇心も湧いた。何しろそこは、弓香の肉体に残った唯一の生娘《きむすめ》の部分なのである。

弓香が脚を浮かせて抱えると、陰戸と肛門までが丸見えになった。割れ目から滴《したた》る蜜汁が蕾までぬめらせ、そこに彼は淫水に濡れた亀頭を押し当てた。

「ああ……、ゆっくりお願い……」

弓香が目を閉じ、口で呼吸して懸命に力を緩《ゆる》めながら言った。

栗太はさっき指一本ですら異物感で痛かったのに、本当に大丈夫だろうかと思いながら、好奇心と欲望に負けて力を込めて押し込みはじめた。

ヌメリが充分なので、張り詰めた亀頭がズブリと潜り込むと、細かで可憐な襞が伸びきり、今にも裂けそうなほどピンと張り詰めて光沢を放った。

「あうう……、変な感じ……」

「本当に大丈夫ですか……」

「平気よ。ゆっくり奥まで……」

弓香が脂汗《あぶらあせ》を滲《にじ》ませて言い、栗太もそろそろと挿入していった。

それでも、最も太い亀頭の雁首《かりくび》が入ってしまうと、あとは比較的滑らかに潜り込ませることが出来た。

さすがに入り口は狭くてきついが、中は案外楽だった。そして思っていたほどのべたつきもなく、股間を押しつけると尻の丸みが当たって弾み、何とも気持ち良かった。

「アア……、こういう感じなのね……。いいわ、突いて……」

弓香が違和感に喘ぎながら言い、すっかり高まった栗太も、様子を探るように小刻みに腰を突き動かしはじめた。

「く……！」

彼女が甘ったるい匂いを漂わせて呻き、それでも次第に力の抜き方に慣れてきたのか、いつしか彼の律動も滑らかになっていった。

「い、いきそう……」

栗太が降参するように言い、もう快感に突き進んで勢いがつくと、腰の動きが止まらなくなってしまった。

「いいわ、出して。中にいっぱい……」

弓香も、肛門で気を遣《や》ることは無理と判断したか、すぐにも彼に許可を下した。

いや、彼女は自ら乳房を揉《も》み、空いた陰戸にも指を這わせてオサネを激しくいじりはじめていた。

どうやら弓香もすっかり高まってきたようなのだ。

「い、いく……。あぁーッ……！」

栗太はとうとう昇り詰め、喘ぎながら熱い大量の精汁をドクドクと美女の肛門の奥へほとばしらせてしまったのだった。

二

「あう！　熱いわ。気持ちいい……。アアッ……！」

弓香は、奥深い部分に熱い噴出を受け止めた途端、声を上ずらせてガクガクと狂おしい痙攣《けいれん》を開始した。もちろん彼女の絶頂は、肛門感覚ではなく、自ら刺激したオサネによるものだろう。

栗太は、その激しい反応に驚きながらも股間をぶつけるように動き続け、最後の一滴まで内部に出し切ってしまった。中に満ちる精汁に、律動はさらにヌラヌラと滑らかになっていった。

「ああ……、もっと……」

弓香が喘ぎ、搾《しぼ》り出すように肛門を締め付けた。そして彼も力の続く限り腰を突き動かし続け、ようやく徐々に動きを弱めていった。

栗太は股間を押しつけて動きを止め、収縮の中で余韻に浸った。

すると満足げに萎《な》えかけた一物が、内圧とヌメリで押し出され、ヌルッと抜け落ちてしまった。

彼は、まるで美女の排泄物にされたような、妖《あや》しい興奮を覚えた。

そして覗《のぞ》き込むと、牡丹《ぼたん》の花弁のように色づいた肛門が丸く開き、僅《わず》かに内部の粘膜を覗かせていたが、徐々につぼまって元の可憐な形に戻っていった。

幸い裂傷を負うようなこともなく、互いに貴重な体験をしたのだった。

弓香は横向きになり、しばし呼吸を整えていたが、すぐにも身を起こし、彼の手を引いて井戸端へと行った。

そして互いの股間を流し、特に彼の鈴口《すずぐち》周辺は念入りに洗ってくれた。

「さあ、ゆばりを放って。中も洗うのよ」

言われて、栗太は懸命に尿意を高め、やっとの思いで放尿した。見られていると、またすぐにも回復しそうになるので、冷静になるよう努めて出し切った。

すると弓香が、また水をかけて先端を洗ってくれた。その指の刺激に、とうとう一物が鎌首《かまくび》をもたげはじめてしまった。

「まあ、もうこんなに……」

「ね、弓香先生もゆばりを出して……」

栗太は甘えるように言い、簀《す》の子《こ》に座ったまま目の前に彼女を立たせた。

そして股間に顔を埋め、割れ目内部に舌を這わせると、すぐに彼女も新たな淫水を漏らしてきた。栗太は淡い酸味を貪りながら、ヌラヌラする柔肉を隅々まで舐め回し、吸い付いた。

「あう……。そんなに吸うと、本当に出る……」

弓香もうっとりと言いながら下腹を緊張させ、尿意を高めてくれた。

するとまもなく柔肉の味わいが変化し、たちまち熱い流れが彼の口に注がれてきた。

栗太は夢中で受け止め、味や匂いを確かめる余裕もなく喉に流し込んだ。

「ああ……、莫迦《ばか》ね……」

弓香は喘ぎながらも放尿を続け、しかも彼の顔を両手で股間に押しつけていた。

彼は咳《せ》き込まないよう注意しながら、流れが治まるまで飲み込んだが、溢れた分が胸から腹に伝い、すっかり回復した一物を温かく浸した。

ようやく彼女も出し切ってプルンと下腹を震わせ、栗太も割れ目に口を付けて余りの雫をすすり、内部に舌を這い廻らせた。あらためて淡い味と匂いが感じられ、もう収まりがつかないほど勃起してしまった。

「いい気持ち……」

弓香は立ち尽くしたまま、うっとりと喘ぎ、なおも彼の口に股間を押しつけた。

たちまちゆばりの味わいは消え去り、新たな淫水のヌメリと淡い酸味が割れ目内部に満ち、舌の動きがヌラヌラと滑らかになった。

匂いは洗って消えてしまったが、弓香の淫気はさっき以上だった。何しろ、まだ正規の交接で気を遣っていないのだ。

「アア……、もう堪《たま》らない……」

弓香は言って彼の顔を引き離すと、いきなり簀の子に押し倒してきた。もう部屋に戻る余裕すらなくなっているらしい。

彼女は屈み込み、屹立《きつりつ》した一物にしゃぶり付き、貪るように吸い付いてきた。

「ああッ……。先生、どうか、もっと優しく……」

栗太は降参するように喘ぎ、急激に高まりながら悶えた。

弓香も、充分に唾液にまみれさせたところでスポンと口を離し、すぐにも跨《また》がって先端を陰戸に受け入れていった。

たちまち唾液に濡れた肉棒が、さらに熱い蜜汁に濡れた柔肉の奥にヌルヌルッと根元まで呑み込まれた。

「ああーッ……、感じる……」

弓香が顔を仰《の》け反《ぞ》らせて喘ぎ、股間を密着させて締め付けてきた。

栗太も仰向けのまま、心地よい肉壺に包まれて快感を噛みしめた。

彼女はグリグリと股間をこすりつけるように動かしてから、覆《おお》い被さるように身を重ねて、彼の口に乳首を押しつけてきた。

栗太は夢中で吸い付き、舌で転がし、左右とも交互に含んで愛撫した。そして、

たまにコリコリと歯で刺激すると、

「アア……、いい……。もっと強く……」

弓香が身をくねらせて喘ぎ、次第に腰を使いはじめた。大量に溢れる淫水が律動を滑らかにさせ、クチュクチュと湿った摩擦音が聞こえてきた。

やはり肛門に入れられるのも新鮮だったかも知れないが、こうして一つになって昇り詰めないと気が済まないようだった。

栗太も下からしがみつき、股間を突き上げながら彼女の首筋を舐め上げていった。

すると弓香も上から激しく唇を重ね、熱く甘い息を弾ませながらネットリと舌をからめてきた。

「ンンッ……！」

弓香は小さく呻き、彼の舌に吸い付きながら次第に腰の動きを速めていった。

「先生、唾《つば》を……」

栗太が快感に任せてせがむと、彼女も口をすぼめて大量の唾液をトロトロと彼の口に注ぎ込んでくれた。彼は小泡混じりの生温かな美酒を味わい、何度も飲み込みながらうっとりと酔いしれた。

さらに彼女のかぐわしい口に顔中をこすりつけると、弓香は舌を這わせ、栗太の鼻の穴から頬、鼻筋から額まで満遍《まんべん》なく舐め回してくれ、たちまち顔中が清らかな粘液でヌルヌルになった。

栗太は、唾液と吐息の混じった甘酸っぱい芳香の中で、とうとう大きな絶頂に達してしまった。

「い、いく……。アアッ……！」

突き上がる快感に喘ぎながら、ありったけの熱い精汁を内部にほとばしらせると、

「あう……、熱いわ。気持ちいい……。ああーッ……！」

弓香も噴出を受け止めて気を遣り、がくんがくんと狂おしい痙攣を起こした。上ずった声と凄《すさ》まじい絶頂に、隣近所に聞こえるのではないかと心配しながら、栗太は簀の子に当たる背中の痛みも忘れて射精し尽くした。

弓香も膣内を収縮させながら、一滴余さず精汁を飲み込み、やがて力尽きたようにグッタリと彼にもたれかかってきた。

栗太もすっかり満足して動きを止め、彼女の温もりと重みを受けて甘い息を嗅ぎながら、うっとりと快感の余韻に浸ったのだった。

「評判いいですよ。美少年同士の陰間の話は案外、町娘たちに密かな人気なのです」

雪江が言った。

藤乃屋である。弓香が完成させた春画を栗太が持ってくると、今日も藤兵衛は寄り合いに行って不在で、雪江が迎えてくれたのだ。

「娘さんが買うのですか……」

「ええ、本物の男はまだ怖くて近寄れないけれど、春画の若い男たちは女の子たちの理想なのですね。しかも男女の営みではないから買うことにも気が引けないし、何しろ描いているのが同じ女の弓香さんだから、女の子たちが何を求めているか、気持ちがよく分かっているのでしょう」

雪江の言葉に、そんなものかなと栗太は感心した。

そして今日も、彼女の目が淫気にキラキラと輝きはじめ、栗太も急激にその気になってきてしまった。

三

大恩人の藤兵衛の妻という禁断の思いも興奮に拍車をかけ、むしろ彼女の淫気を鎮《しず》めることも恩返しの一つなのではないかと、都合の良い方へ解釈してしまった。

「じゃ、こっちへ来て」

雪江が、急に砕けた口調になって彼を誘い、奥の部屋へと行った。

彼女は手早く床を敷き延べ、帯を解きはじめた。栗太も胸を高鳴らせながら、急いで着物を脱ぎ去っていった。

藤兵衛が不在の時は店も閉めてしまうので、誰かが来ることもないらしい。たちまち一糸まとわぬ姿になった雪江が横たわると、同じく全裸になった栗太も添い寝していった。

「ああ、可愛い……」

雪江は彼に腕枕をして言い、感極まったように抱きすくめてくれた。

弓香も澄枝も激しい気性だから、雪江のように優しい大人の女は実に新鮮で、栗太も甘えるようにうっとりと力を抜いた。

お歯黒の歯並びの間からは、生温かく湿り気ある息が甘く洩れ、桃色の舌が伸びて彼の口を舐め回してきた。

栗太が歯を開くと、長い舌がヌルッと潜り込み、慈《いっく》しむように隅々まで舐め回した。

「もっと唾を……」

「飲むのが好きなの……？」

雪江が囁《ささや》き、彼が小さく頷《うなず》くと、彼女は生温かく小泡の多い唾液を惜しみなくたっぷりと口移しに注いでくれた。

栗太はうっとりと酔いしれながら飲み込み、さらに鼻を雪江の口に押しつけ、ほんのりした刺激を含む芳香で心ゆくまで胸を満たした。彼女は、やはり惜しみなく息を吐きかけてくれ、好きなだけ嗅がせてくれた。

そして充分に舌をからめ、栗太も美女の唾液と吐息を堪能してから首筋を舐め下り、色づいた乳首に吸い付いていった。

「ああ……、いい気持ち……」

雪江は熱く喘ぎ、うねうねと熟れ肌を悶えさせはじめた。

左右とも乳首を含んで充分に舌で転がしてから、彼は雪江の腋の下に顔を埋め、色っぽい腋毛に鼻をこすりつけ、甘ったるい汗の匂いで鼻腔を満たした。

やがて彼は顔を離し、仰向けになった。

「ね、上になって……」

栗太が言うと、雪江が身を起こしてくれた。

「どうしてほしいの？」

「顔に足を載せて……」

「まあ、そんなことされたいの？」

雪江は言いながらも、すぐに立ち上がり、壁に手を突いてそろそろと足を載せてくれた。どんなにおかしな要求でも、この天女のように優しい美女はためらいなく叶《かな》えてくれるのだった。

顔に足裏を受け止め、栗太は生温かな感触と蒸《む》れた匂いを感じながら舌を這わせた。

「アア……、くすぐったい……」

雪江は喘ぎながら指先を縮めた。

栗太は指の股に鼻を割り込ませて嗅ぎ、足裏から爪先にしゃぶり付いていった。そして全ての指を吸い、桜色の爪を嚙み、指の股に舌を潜り込ませ、足を交代させてもらい、そちらも念入りに貪った。

「ね、跨って……」

言うと、すぐにも雪江は彼の顔に跨って、厠《かわや》に入ったようにしゃがみ込んでくれた。

彼の鼻先に熟れた陰戸が迫り、左右ではムッチリと内腿が張り詰めた。

陰唇が僅かに開き、ヌメヌメと潤《うるお》った果肉が覗いていた。膣口の襞には白っぽい粘液がまつわりつき、大きめのオサネもツヤツヤと光沢を放って突き立っていた。

栗太は豊満な腰を抱き寄せ、柔らかな茂みに鼻を埋め込んだ。

こすりつけると、隅々に籠もった汗とゆばりの匂いが馥郁《ふくいく》と鼻腔を掻き回し、とうとう溢れた淫水が彼の口に滴ってきた。

淡い酸味のヌメリを舐め取り、息づく膣口からオサネまで舐め上げていくと、

「ああッ……、気持ちいい……」

雪江はヒクヒクと下腹を波打たせながら喘ぎ、たまに力が抜けてギュッと彼の顔に座り込んできた。

栗太は美女の味と匂いを貪り、白く豊かな尻の真下にも移動していった。

足を踏ん張っているせいか、薄桃色の肛門が僅かに枇杷《びわ》の先のように肉を盛り上げ、何ともよい形状をしていた。

鼻を埋め込むと、顔中にひんやりした双丘が密着し、秘めやかな微香も馥郁と胸に染み込んできた。舌先でチロチロと舐めると、

「あう……、くすぐったいわ……」

雪江は息を詰めて呻き、蕾を震わせて悶えた。

さらに念入りに舐めて濡らしてから、とがらせた舌先をヌルッと押し込むと、甘苦いような微妙な味わいの粘膜に触れ、彼は執拗に内部で舌を蠢かせた。

「アア……、いいわ……」

雪江はうっとりと喘ぎ、モグモグと味わうように肛門で彼の舌を締め付け、陰戸からはヌラヌラと新たな淫水を漏らしてきた。

栗太は充分に舐めてから舌を移動させ、蜜汁を舐め取りながら再びオサネに吸い付いていった。

「も、もういいわ……」

すると雪江が言い、早々とした絶頂を惜しむように股間を引き離してきた。

そして彼の股間に屈み込み、丁寧に先端を舐め回し、鈴口から滲む粘液をすすり、スッポリと喉の奥まで呑み込んでいった。

「ああ……」

温かく濡れた口腔に包まれ、栗太は溶けてしまいそうな快感に喘いだ。

雪江は頬をすぼめて吸い付き、内部では滑らかに舌を蠢かせ、温かな唾液で一物を濡らしてくれた。

先端が喉の奥のお肉にヌルッと触れるほど深く呑み込まれると、彼女の熱い鼻息が恥毛に籠もった。彼女は念入りに舌を這わせてからスポンと引き抜き、ふぐりにも舌を這わせ睾丸《こうがん》を転がしてくれた。

さらに自分がされたように、彼の脚を浮かせて肛門も舐め、ヌルッと舌先を押し込んできた。

「あう……。そ、そこは、いいです……」

遠慮がちに言ったが、雪江は厭《いと》わずに内部で長い舌を蠢かせ、出し入れさせるように動かしてくれた。弓香に指を入れられたときは痛かったが、舌だとなぜこんなに心地よいのだろうと思った。

やがて雪江は舌を引き抜いて身を起こした。

「入れたいわ。どうするのが好き?」

「上からして下さい……」

言うと、彼女はすぐに一物に跨り、先端を陰戸に受け入れていった。

「アア……、いい気持ち……」

深々と貫かれ、彼女はぺたりと座り込みながら喘いだ。栗太も襞の摩擦に酔いしれ、暴発を堪《こら》えながら熱く濡れた柔肉に包まれた。

雪江はすぐにも身を重ね、彼の肩に腕を回して肌の前面を密着させてきた。栗太の胸に豊かな乳房が押しつけられ、心地よく弾んだ。

「どうして茶臼《ちゃうす》が好きなの？」

「し、下から女の人の顔を見るのが好きだから……」

「そう……」

「それに、唾も貰《もら》えるから……」

「そんなに欲しいのね……」

言うと、雪江は形良い唇をすぼめ、白っぽい唾液をトロトロと彼の口に垂らしながら、徐々に腰を動かしはじめた。

生温かな粘液を舌に受け止め、すすりながら味わい、喉を潤した。そして熱く甘い息を嗅ぎながらしがみつき、ズンズンと股間を突き上げていった。

「ああ……、もっと突いて……」

雪江も動きを合わせて腰を使い、次第に激しくさせていった。大量に溢れる蜜汁が動きを滑らかにさせ、湿った摩擦音も淫らに響いた。

「い、いきそう……」

「まだ待って……。ああ、もう少し……」

栗太が弱音を吐くと、雪江はますます動きを激しくさせ、締め付けながら言った。

彼もしがみつきながら必死に堪えたが、いよいよ危ういという寸前に、先に雪江の方が気を遣ってくれた。

「いく……、ああッ……！」

熟れ肌を硬直させながら口走り、ガクガクと狂おしく痙攣した。

栗太も続いて絶頂に達し、熱い大量の精汁を勢いよく内部にほとばしらせた。

「あう、熱い。もっと出して……！」

雪江が飲み込むような収縮を繰り返し、声を上ずらせて言った。

栗太は熟れた美人妻に組み伏せられながら快感の中、最後の一滴まで出し尽くし、ゆっくりと力を抜いていった。

彼女は何度も腰を使い、まだ快感を貪っていたが、徐々に内部で萎えていくと、ようやく諦《あきら》めたように全身の強《こわ》ばりを解き、徐々にグッタリと彼に身体を預けてきた。

栗太は重みと温もりを受け止め、まだモグモグと収縮する膣内に刺激され、ヒクヒクと幹を震わせた。

そして熱く湿り気ある、花粉のように甘い刺激を含んだ吐息で鼻腔を満たしながら、うっとりと快感の余韻を噛みしめたのだった。

四

「ああ、良かった。よく来てくれました」

澄枝が、目を輝かせて栗太を迎えてくれた。

最後に会ってから十日経ち、一のつく日だから夫も登城しているだろうと、栗太は恐る恐るやってきたのだった。

武家屋敷を訪ねるなど気が引け、何度も迷ったのだが、今日はたまたま弓香が所用で外出し、彼も自由にしてよいと言われたので、江戸見物に出るふりをして澄枝を訪ねてしまったのである。

「本当は焦《じ》れて、こちらから訪ねたいと思うときもあったのだけれど、弓香殿に会うのは気が引けるから」

　澄枝が言う。してみると、弓香から金を貰って恩を受け、縁を切るという約定《やくじょう》は守るつもりらしい。

　今日も、二人の赤ん坊はよく眠っていた。

　澄枝は忙《せわ》しげに床を敷き延べ、帯を解きはじめた。そして栗太にも脱ぐよう言い、淫気に濃くなった体臭を甘ったるく漂わせた。

　たちまち二人は全裸になり、澄枝の体臭の沁み付いた布団でもつれ合った。

　澄枝が上から激しい勢いで唇を重ね、栗太も唾液に濡れた柔らかな感触を受け止めながら、熱く甘い息の匂いに酔いしれた。彼女はヌルリと舌を滑り込ませ、執拗にからみつかせてきた。

　栗太もうっとりと応じ、きつい目をした美女の唾液と吐息を吸収し、激しく勃起した。

「ンン……」

　澄枝は熱く鼻を鳴らし、充分に舌をからめてから、ようやく口を離して栗太に腕枕し、今日も乳汁《ちしる》の滲んだ乳首を彼の口に押しつけてきた。彼も吸い付き、すっかり要領を得て吸い出しながら、生ぬるく薄甘い乳汁で喉を潤した。

「ああ……、もっと飲んで……」

澄枝は喘ぎながら、張った膨らみを手で揉み、彼の口に多くの乳汁を搾り出してきた。

栗太も、左右の乳首を交互に含み、甘ったるい匂いで全身が満たされるほど乳汁を飲み尽くした。

すると彼女が仰向けになった。

「胸を跨いで……」

「え……？　いけません。奥方様を跨ぐなど……」

「いいの。さあ……」

澄枝が執拗に言うので、栗太も恐る恐る身を起こし、脚を震わせながら彼女の胸に跨った。武家の女を跨ぐと、何やら下から風を受けたように、全身が薄寒くなった。これは、無礼討ちをされるのではないかという恐れに近かった。

澄枝は豊かな胸の谷間に肉棒を挟み、両側から揉みしだいてきた。

「ああ……」

栗太は妖しい快感に喘ぎ、柔肉の間で揉みくちゃにされながら高まった。

さらに彼女は栗太の腰を抱き寄せ、顔に進ませたのだ。そして幹に指をかけて一物を下向きにさせ、先端にしゃぶり付いてきた。

「アアッ……！　き、気持ちいい……」

生温かな口に亀頭を含まれ、舌で翻弄《ほんろう》されながら栗太は喘いだ。

澄枝は念入りに亀頭をしゃぶってから口を離し、ふぐりにも舌を這わせ、さらに驚いたことに彼の肛門まで舐め回し、ヌルッと舌先を潜り込ませてきたのだ。

「く……。ど、どうか、ご勘弁下さい……」

栗太は畏《おそ》れ多い快感に呻き、潜り込んだ舌をキュッキュッと肛門で締め付けた。

そして彼女は充分に舌を動かしてから、再び肉棒の先端まで舌を戻し、幹を両手で包むようにして本格的に吸い付いてきた。

「い、いきそうです……。奥方様……」

「ね、顔に出して……」

「そんな……」

意外な要求に栗太は、思わず文字通り尻込みした。

初対面の時は、彼に殴る蹴るの暴行を加えた澄枝だが、今ではすっかり栗太に夢中になり、淫気を解放して被虐的《ひぎゃくてき》な快感すら求めるようになっていた。

彼は気が引けていたが、強烈な愛撫で快感は高まってきた。

さらに彼女は顔を上げて、スポスポと濡れた口で摩擦を行った。指も幹を錐揉《きりも》みにしたり、ふぐりを探ったりして、いよいよ栗太は限界に達してしまった。

「い、いく……。ごめんなさい……、アアッ！」

とうとう絶頂の快感に貫かれ、栗太は口走りながら勢いよく射精してしまった。

「ク……、ンン……」

澄枝は第一撃で喉を直撃され、呻きながらそれを飲み下すと、すぐに口を離して指だけの愛撫に切り替えた。

余りの精汁が、ドクンドクンとほとばしり、澄枝の口の周りや、鼻筋に飛び散った。

「ああ……」

澄枝は顔中に噴出を受けながら喘ぎ、涙のように頰の丸みを伝う粘液に舌を伸ばした。

その淫らな様子に栗太は最後まで快感を味わい、全て絞り尽くしてしまった。

出しきると、再び澄枝がパクッと亀頭を含み、鈴口を舐め回し、上気した頰をすぼめて強く吸った。

「あう……」

栗太は駄目押しの快感に呻きながら、何度も肛門を引き締めて余りを絞り出した。

そして、ようやく彼が腰をよじって悶えると、澄枝も口と指を離してくれ、顔中を濡らした精汁をこすって男の匂いに酔いしれた。

彼は余韻を味わう暇もなく、懐紙《かいし》を手にして澄枝の顔を拭いてやった。

「申し訳ありません……」

「いいの。ここはいいから、今度は私にして……」

澄枝は栗太の手を払い、自分の肌を投げ出して彼の顔を下方へ押しやった。

栗太も素直に移動し、今度は彼女の足裏を舐め、指の股に鼻を押しつけて蒸れた芳香を嗅ぎながら爪先にしゃぶり付いていった。

「アア……、いい気持ち……」

澄枝がうっとりと喘ぎ、彼の口の中で指先を震わせた。

栗太は、まだ動悸《どうき》が激しく、余韻に浸る余裕もないまま愛撫を続けた。やはり武家女を跨ぎ、顔に精汁を放ったという衝撃がいつまでも尾を引いていた。

両足ともしゃぶり尽くすと、彼は脚の内側を舐め上げながら澄枝の股間に顔を進めていった。

彼女も期待に熟れ肌を震わせながら大股開きになり、濡れた陰戸を惜しみなく彼の目の前に晒《さら》した。張り詰めた内腿を舐め上げ、股間に顔を迫らせると、熱気と湿り気が渦巻くように籠もっていた。

もちろん陰戸は興奮に濃く染まり、大量に溢れた蜜汁がヌメヌメと肛門の方まで流れ出していた。

栗太は黒々とした茂みに鼻を埋め込み、濃厚に籠もった体臭で鼻腔を満たしながら陰戸を舐め回した。生ぬるく淡い酸味の蜜汁が舌の動きを滑らかにさせ、彼の目の前で白く張り詰めた下腹がヒクヒクと波打った。

襞を入り組ませて息づく膣口をクチュクチュ掻き回すように舐め、オサネまで舌でたどっていくと、

「ああッ……、いい気持ち……！」

澄枝が顔を仰け反らせて喘ぎ、内腿できつく彼の顔を締め付けてきた。

栗太は腰を抱えて執拗にオサネを舐め回し、さらに脚を浮かせて白く丸い尻の谷間にも顔を埋め込んでいった。薄桃色の肛門に鼻を押しつけて悩ましい微香を嗅ぎ、舌先で震える襞を舐めてから、蕾に潜り込ませていった。

「あう……、もっと……」

澄枝が肛門をモグモグと収縮させながら呻き、やがて彼は美女の前も後ろも舐めて味わううち、すっかり一物はピンピンに回復していった。

再び陰戸に戻り、オサネに吸い付きながら目を上げると、澄枝は自ら豊かな乳房を揉みしだき、濃く色づいた乳首をつまんで愛撫していた。その刺激に乳首からは乳汁が霧状に噴出し、彼女の指を濡らしていた。

「いいわ。入れて……」

澄枝が言い、いきなりゴロリと寝返りを打ち、うつ伏せのまま尻を浮かせて突き出してきたのだ。気位の高い武家女が、最も無防備な雌《めす》の獣の形を取り、挿入をせがんで尻を振っていた。

半身を起こした栗太は一物を構えて迫り、後ろから陰戸に先端をあてがい、ゆっくりと挿入していった。

「アアッ……！」

澄枝が、汗ばんだ白い背中を反らせて喘ぎ、深々と受け入れながらキュッときつく締め付けてきた。

根元まで押し込むと、尻の丸みが下腹部に当たって弾み、何とも心地よかった。

栗太は押しつけたまま、しばし温もりと感触を噛みしめた。向きが違うと、内襞の感触も異なっていた。

やがて澄枝が、待ちきれないように尻を動かしてきた。

彼も腰を抱えたまま股間を前後させ、肉襞の摩擦に高まっていった。そして覆い被さっていき、両脇から回した手でたわわに実る乳房をわし摑《づか》みにし、髪の香油を嗅ぎながら動きを速めていった。

「あうう……、すごい……」

澄枝が顔を伏せたまま呻き、尻を持ち上げていられず、力尽きたように横向きになっていった。栗太も抜けないよう股間を押しつけたまま、彼女の下になった脚を跨ぎ、上の脚に両手でしがみついて動き続けた。

互いの股が交差し、内腿まで密着感が高まった。それに喘ぐ表情が見えるようになり、ますます彼も絶頂を迫らせた。

しかし、やはり気を遣るときは美女の吐息を間近に感じたかった。

栗太は繋がったまま、さらにそろそろと澄枝を仰向けにしてゆき、本手（正常位）まで持っていった。

今度こそ彼は身を重ね、のしかかるように胸を合わせていった。

「アア……」

澄枝も激しく両手でしがみつき、本格的にズンズンと股間を突き上げてきた。

胸の下では柔らかな乳房が押し潰《つぶ》れて弾み、栗太は熟れ肌に身を任せて腰を突き動かし続けた。

「い、いく……、栗太……。気持ちいいッ……！」

たちまち澄枝が気を遣り、ガクガクと腰を跳ね上げながら狂おしく身悶えた。

膣内の収縮も激しくなり、そのまま彼も快感の渦に巻き込まれていった。

「く……、いく……！」

突き上がる快感に呻き、彼は熱い大量の精汁を内部に注ぎ込んだ。

「ああーッ……！　もっと出して……！」

噴出を感じて駄目押しの快感を得た澄枝は、声を震わせてせがんだ。栗太も身悶えながら、心おきなく最後の一滴まで出し尽くし、今度こそ力尽きてグッタリと身体を預けていった。

「ああ……、良かった……」

澄枝も荒い呼吸とともに呟《つぶや》きながら、満足げに硬直を解いてゆき、なおも名残《なごり》惜《お》しげに膣内を締め付け続けた。

栗太は温もりに包まれ、熱く甘い吐息を嗅ぎながら快感の余韻に浸り込んでいった。

五

「もっと顔を寄せ合って、舌を出し合うの」

弓香の指示が飛び、栗太と光は言われるまま抱き合って、互いの舌を触れ合わせた。

それを弓香が素早く画帖に描き写し、それが一段落するまでは二人ともじっと動かずにいた。

栗太は、光の甘酸っぱい息の匂いに酔いしれ、激しく勃起していた。

光も、弓香の絵の手伝いとはいえ、栗太と抱き合って相当に淫気を高めたように息を弾ませていた。

すでに二人は全裸になり、布団の上でもつれ合っていた。

弓香も、陰間の春画ではなく、元の男女の濡れ場の仕事に戻っていた。

「いいわ、じゃ次は二つ巴《どもえ》に」

弓香が、新たな紙を開いて言う。

あくまで春画のために形を取っているだけだから、弓香は二人の気の高まりに関係なく指示を出してくる。

栗太は、口吸いのあとは乳首か足を舐めたいと思ったが、指示では仕方がない。光を横たえて移動し、反対向きになって陰戸に顔を埋めた。

光も厭わず肉棒にしゃぶり付いて、それぞれ互いの内腿を枕にした二つ巴の体勢になっていった。

楚々《そそ》とした若草に鼻を押しつけると、可愛らしい汗の匂いと残尿臭が馥郁と鼻腔を刺激してきた。栗太は美少女の体臭に酔いしれながら、すでに濡れはじめている陰戸に舌を這わせ、オサネにも吸い付いた。

「ク……、ンンッ……！」

光は敏感な部分を舐められて呻き、反射的にチュッと強く彼の亀頭に吸い付いてきた。

栗太の股間に美少女の熱い息が籠もり、さらに彼女は深々と含んで、クチュクチュと舌をからみつけてくれた。

彼は快感に腰をくねらせ、光の口の中で唾液にまみれながら最大限に勃起していった。すると弓香が筆を持ったまま迫り、まずは陰戸を舐めている彼の表情や舌の具合、割れ目の様子などを描いた。

それが済むと、弓香は光の顔の方へ行き、同じように美少女の表情や舌、一物を描き写した。その間に栗太は、伸び上がって光の尻の谷間にも顔を埋め、可憐な蕾に鼻を押しつけて秘めやかな微香を嗅いだ。

そして蕾を舐めると、光の吸引も強くなった。

「すごく濡れているし、もう充分のようね。じゃ、繋がってみて。茶臼で」

やがて弓香が言い、容赦《ようしゃ》ない指示を出した。

栗太は陰戸から顔を離し、光も頬を染めながら身を起こした。

彼が仰向けになると光もためらいなく肉棒に跨り、自らの唾液に濡れた幹に指を添え、先端を陰戸に受け入れていった。

「あぁッ……！」

光が深々と貫かれながら、顔を仰け反らせて喘いだ。一物は根元まで入り込み、彼女もペタリと座って股間を密着させた。

「そのまま」

弓香が言い、光が上体を起こしている姿を手早く描いた。

じっとしていても、栗太自身はキュッキュッと息づくような収縮に包まれて快感が高まってきた。

「いいわ、重なって」

弓香が言うと、光はゆっくりと身を重ねて、それを栗太も抱き留めた。

「栗太、お乳を吸って」

言われて、彼は顔を上げ、光の桜色の乳首に吸い付いた。柔らかな膨らみが顔に押しつけられ、甘ったるい汗の匂いが心地よく鼻腔を刺激してきた。

「ああン……」

光が、次第に仕事を忘れて喘ぎ、クネクネと悶えはじめた。大量の淫水が溢れるのを、彼もふぐりや内腿に感じていた。

「いいわ。お仕事は終わり」

弓香が言って絵筆を置いたが、もちろん光は離れようとせず、彼に重なったまま腰を使いはじめた。

すると弓香も手早く帯を解き、二人と同じく全裸になって参加してきた。

「そう、そんなに気持ち良いの。憎たらしい……」

弓香は囁き、上になった光の背中や尻に舌を這わせはじめた。

「アア……、先生……」

光は栗太と一つになりながら、同性からの愛撫にも感じて喘いだ。

「栗太。私も舐めて……」

やがて弓香は言い、光の身体を起こして彼の顔に跨ってきた。栗太も、鼻先に迫る陰戸が大量の淫水にまみれているのを確認した。

すぐにも恥毛の丘が彼の鼻に押しつけられ、栗太は美女の悩ましい体臭で鼻腔を刺激されながら夢中になって舌を這わせた。淡い酸味の蜜汁がトロトロと彼の口に流れ込み、オサネを舐めると弓香の腰が震えた。

「ああ……、いい気持ち……」

弓香はうっとりと喘ぎ、グイグイと彼の口にオサネをこすりつけてきた。

さらに彼は尻の真下に潜り込み、蕾に籠もった匂いを嗅いでから舌を這わせ、内部にもヌルッと潜り込ませて味わった。

そして充分に前も後ろも舐めると、弓香は股間を引き離し、今度は彼の顔に乳房を押しつけてきた。

栗太は乳首を含んで吸い、充分に舌で転がすと、彼女はもう片方も含ませてから、ようやく離れた。すると上体を起こしていられなくなった光が、再び栗太に重なってきたので彼も抱き留めた。

「いいわ。お光ちゃん、先にいっても。私はあとからゆっくりするから」

弓香が言うと、光は待ちきれなかったように腰を使いはじめ、クチュクチュと湿った摩擦音を立てはじめた。

栗太も股間を突き上げ、激しく高まっていった。

そして下から光の可愛い顔を引き寄せ、唇を求めると、横から弓香も割り込んできた。

たちまち三人で舌をからめ、栗太は混じり合った唾液をすすって喉を潤し、やはり混じり合ったかぐわしい息の匂いに高まっていった。

弓香が執拗に舌をからめ、さらに栗太の鼻の穴や頬まで舐め回しはじめると、すっかり高まって絶頂寸前になっている光も倣《なら》って舌を這わせるものだから、たちまち栗太の顔中は生温かな唾液に心地よくまみれた。

「い、いく……。アアッ……！」

とうとう栗太は大きな絶頂の渦に巻き込まれ、口走りながら熱い精汁を勢いよく光の柔肉の奥にほとばしらせてしまった。やはり二人が相手だと、どうにも我慢できず倍の早さで昇り詰めてしまうのだ。

「あう……、気持ちいいッ……！」

噴出と同時に光も声を上げ、ガクガクと狂おしく痙攣しながら気を遣った。

弓香も、二人の絶頂が伝わっているように肌をくっつけながら身悶え、熱い呼吸を繰り返していた。

栗太は心おきなく最後の一滴まで光の奥に出し尽くし、すっかり満足して力を抜いていった。

光もきつく締め付けながら彼の快感の証《あか》しを吸収し、やがてグッタリと力を抜いてもたれかかってきた。

栗太は光の重みを真下で感じ、弓香の温もりを横から受け止めた。そして二人の混じり合った甘酸っぱい息の匂いを心ゆくまで嗅ぎながら、うっとりと快感の余韻に浸り込んでいった。

そして呼吸を整えていると、横から弓香が彼の耳朶《みみたぶ》にきゅっと嚙みついてきた。

「あう……！」

「誰がいっていいと言ったの。私が許したのはお光だけよ」

「も、申し訳ありません……」

耳元で叱《しか》られ、栗太は光の内部でピクンと幹を震わせながら答えた。

「早く立たせて。次は私なのだから」

弓香は、彼の頬にまでキュッと嚙みつきながらせがんだ。

光は呼吸を整えると、遠慮がちに股間を引き離し、拭《ぬぐ》うこともせず着物を持って裏の井戸端へ洗いに行ってしまった。

するとう弓香は、二人分の体液にまみれて満足げに萎えかけている一物にしゃぶり付いてきた。

「く……、弓香先生。少しの間、どうかご勘弁を……」

「駄目よ、すぐ立たせて」

哀願したが弓香は許してくれず、強烈な愛撫を繰り返した。喉の奥まで深々と含んで強く吸い、貪るように舌をからめて唇で摩擦した。

「あうう……、先生……」

栗太は、身悶えながら強制的に勃起させられた。そしてある程度の大きさになると弓香が跨り、深々と陰戸に呑み込んで座り込んできた。

「アア……、いい気持ち……」

弓香が喘ぐと、身繕《みづくろ》いを済ませた光が戻ってきた。

「先生。じゃ私、これで失礼します」

「ええ、どうも有難う。またお願いね」

弓香は答えながら、次第に激しく腰を使いはじめた。

光が帰っていく足音を聞きながら栗太も高まってゆき、こうした幸福で過激な暮らしが、いったいいつまで続くものだろうかと思うのだった。

コスミック・時代文庫

まくら絵《え》指《し》南《なん》

2023年3月25日　初版発行

【著 者】
睦《む》月《つき》影《かげ》郎《ろう》

【発行者】
相澤　晃

【発 行】
株式会社コスミック出版
〒154-0002 東京都世田谷区下馬 6-15-4
代表　TEL.03(5432)7081
営業　TEL.03(5432)7084
FAX.03(5432)7088
編集　TEL.03(5432)7086
FAX.03(5432)7090

【ホームページ】
http://www.cosmicpub.com/

【振替口座】
00110-8-611382

【印刷／製本】
中央精版印刷株式会社

乱丁・落丁本は、小社へ直接お送り下さい。郵送料小社負担にて
お取り替え致します。定価はカバーに表示してあります。

ISBN978-4-7747-6463-4 C0193

あかね淫法帖
姫様お目見得
書下ろし長編時代小説
睦月影郎
コスミック・時代文庫

あかね淫法帖
片恋の果てに
書下ろし長編時代小説
睦月影郎
コスミック・時代文庫